해바라기 마을회관에 오신 것을 환영합니다

히이라기 사나카 장편소설
김현화 옮김

제우미디어

해바라기 마을회관에 오신 것을 환영합니다

히이라기 사나카 지음 | 김현화 옮김

프롤로그

길을 가는 사람이 모두 이쪽을 보고 있는 듯한 기분이 들지만 아무래도 상관없었다. 그런 걸 신경 쓸 경황이 없다.

춥지도 덥지도 않은 초여름, 가로수인 미국산딸나무의 꽃도 때마침 피어 있어서 여유롭게 산책하기에 날씨가 딱 적당했다. 그런 가운데 하치야마 유리는 맨얼굴에 눈 밑에 다크서클이 내려와 있고 퍼석한 머리를 한 채 길을 걷고 있었다.

품속에 있는 생후 5개월 된 아들 아오는 이미 거의 1시간 이상 계속 울고 있었다. 아기라고는 하지만 큰 몸집이 남편을 닮아서 3990그램의 건강한 우량아로 태어났다. 아담한 손을 꼭 쥐고 있었고 얼굴이 시뻘겠다. 우는 아오를 안고 길을 걷고 있으니 여기저기 집에서 창문을 열고 대체 무슨 소동이 벌어졌는지 의심하는 시선을 보냈다. 그 정도의 목소리였다. 우는 소리가 카랑카랑하고 음의 높낮이가 격해서 안고 있으니 귀가 얼얼했다. 남편이 학창시절에 응원부였던 탓일까. 그런 건 닮지 않아도 되는데.

안고 있어도 소용없었고 등을 토닥여도 소용없었다. 노래를 불러도 소용없었고 우유를 줘도 소용없었다. 자상하게 둥가둥가를 해줘도 소용없었고 기저귀를 갈아줘도 소용없었다. 아기에게 들려주면 울음을 멈춘다는 화제의 영상을 보여줘도 소용없었다.

아파트 옆집에는 야근을 하는 사람이 있는 모양이다. '육아하시느라 힘들 텐데 정말 죄송하지만 아기가 우는 소리를 어떻게 해주셨으면 합니다……'라는 가슴 쓰린 부탁을 하는 편지가 연달아 우편함에 들어 있어서 집에서 오래 계속 울게 할 수도 없었다. 남편은 일이 바쁘고 출장이 잦은 탓에 딱히 의지를 할 수 없었고, 친정도 세토나이카이의 외딴 섬이라서 이동하는 데만 하루가 걸린다. 아무리 해도 쉽게 갈 수 있는 거리는 아니다.

어제 방송한 연어의 산란에 대한 다큐멘터리를 봤다. 산란을 마친 암컷 연어가 만신창이가 되어 숨을 거두고서 물밑으로 가라앉는 모습을 보고 유리는 무심코 덩달아 울었다. 연어에게 감정이입을 하고서 우는 날이 올 줄은 생각지도 못했다.

애초에 이렇게 울더라도 왜 우는지를 알려줬으면 한다. 말을 하지 못해도 '배가 고파서라면 1을, 더우면 2를, 기저귀가 젖었으면 3을 눌러주세요' 하는 전화 안내처럼 우는 이유를 알려주면 이쪽도 해결할 방법이 있다. 아이를 낳고 몸 컨디션도 딱히 회복되지 않은 차에 아이가 하루가 멀다고 밤낮으로 운다. 그 모습은 큰 소리로 알람을 계속 울리는 정답 없는 퍼

즐 같다. 그러고 보면 아이를 낳은 후 느긋하게 잠들었던 기억도 없다.

유리는 스물여덟이다. 일찍 결혼한 친구들은 이미 출산을 하고 아이도 유치원생 정도가 되었다. 아이가 울음을 멈추지 않는다는 상담을 해도 "아, 그립다. 조만간 뚝 그칠 거야."라고 애매한 말만 했다. 지금 어떻게든 해줬으면 하는데 '조만간'은 언제란 말인가. 그리고 앞으로 며칠 후에 '조만간'이 찾아오는 걸까.

그 외에는 아직 결혼하지 않은 친구들이라서 나이가 딱 비슷한 정도의 아이를 가진 친구가 없다. 유리는 남편의 전근으로 이곳 나가레카와시 해바라기 마을에 갓 이사를 왔다. 아동회관에 얼굴을 내밀어도 이미 그룹 같은 게 끈끈하게 형성돼 있어서 그 테두리 안에 들어갈 수 없었다. 친정 부모님도 멀리 살지만 시부모님은 더 멀리 살고 있어서 의지할 수 없다. 눈에 넣어도 아프지 않은 아들을 안고서 매일 혼자 우왕좌왕하고 있다.

식은땀으로 엉망이 된 채 우는 아이를 데리고 갈 곳도 없었다. 정신을 차리고 보니 아동회관이 있는 마을회관에 찾아왔다. 사실은 마을회관 옆에는 공원도 있고 맛있다고 소문이 자자한 빵집도 있어서 팥빵을 사 공원에서 먹으며 한숨 돌리고 싶었지만 아오는 아직 울고 있었다. 공원에서 체조를 하던 할아버지들이 의아한 듯 이쪽을 돌아보았다. 울고 싶은 건 난데 말이야, 라고 유리는 생각했다.

이게 아니었다. 여성 잡지의 '아이가 있어도 멋을 내고 싶은 미시 특집'을 읽고 나서 산후에는 이런 블라우스를 입고 굽이 나지막한 신발을 신고서 머리도 느슨하게 사과 머리를 하고 싶었다. 지금은 아오의 침이 묻어서 얼룩으로 엉망인 낡은 맨투맨티를 입고 애를 낳느라 빠졌다가 마침내 다시 자라기 시작한 머리를 우선 핀으로 꽂고 있었다. 미용실에는 결국 애를 낳고 한 번도 못 갔다. 오늘 아침에 세수를 했는지 안 했는지조차 기억나지 않는다. 우선 신고 온 슬리퍼 같은 신발에는 언젠가 묻은 진흙이 그대로 눌러 붙어 있었다.

그 '아이가 있어도 멋을 내고 싶은 미시 특집'의 모델들은 이 세상의 환상일까. '산후에는 산란을 마친 연어처럼 됩니다'라고 사실을 쓰면 낮은 출생률이 또 떨어질지도 모른다는 나라의 음모일까.

마을회관의 자동문이 열리자 접수처 사람이 생글생글 웃으며 "—은 2층입니다."라고 말하고서 계단을 가리켰다. 앞부분은 아오의 울음소리 때문에 못 들었다. 다시 들으려고 했지만 이미 그럴 마음의 여유도 없었다. 계단 앞에 섰는데 아오의 울음소리가 울려서 사방팔방에서 덮쳐왔다. 이게 사면초가일까. 아니, 상하로도 들리니 육면……초가가 아닐까. 그렇다 해도 이 울음소리보다는 그나마 낫다.

이제 다 싫다.

뭐가 됐든 다 무리다.

누가 도와줬으면 좋겠다.

계단을 올라가자 회의실 출입구에서 어떤 할아버지가 얼굴을 불쑥 내밀었다. 할아버지는 헌팅캡에 구겨진 얇은 트렌치코트를 걸치고 있었다. 헌팅캡을 쓱 들어 올려서 인사를 하는데 숱이 없는 머리카락이 거의 흰머리였다. 나이는 70대 정도쯤 될까. 회의실 안에다 대고 "소노 씨, 손님 오셨어."라고 탁한 목소리로 말하더니 이쪽으로 손짓을 하고 "이거 참, 건강한 아기구먼, 이리 오렴, 이리 와."라며 웃었다.

손님……이라고? 궁금했지만 생각할 기력도 없어서 그쪽으로 향하자 안에서 "어머나, 건강한 아기네요."라며 다정해 보이는 할머니가 나왔다. 흰머리를 뒤로 바짝 묶은 할머니도 할아버지와 비슷한 연배인 듯했다. 듬직한 체구에 팔도 굵었고 보육교사가 사용할 법한 컬러풀한 에이프런을 하고 있었다. 에이프런에는 싱글벙글 웃는 과일 와펜이 잔뜩 달려 있었다. 와펜 중에는 꽤 오래된 것도 있었다.

그 널찍한 회의실 안에 아기 침대가 놓여 있었다. 구석에는 아이가 놀 수 있는 매트가 깔린 공간이 있었고 장난감까지 놓여 있었다.

할머니가 자아, 하고 팔을 벌렸다.

그때 때마침 구름이 움직였는지 창문을 등진 할머니의 뒤로 빛이 비치고 있었다.

후광?

평소였다면 경계해서 절대로 모르는 사람에게 아오를 넘겨주지 않았을 테지만 이 소노라고 불린 할머니가 뿜어내는 따스한 빛 같은 것에 저도 모르게 유리는 이끌려 들었다. 어쩜 이런 안도감이 다 있을까. 대지에 깊이 뿌리를 내리고 사소한 일에는 전혀 흔들리지 않는 큰 나무 같은 분위기를 떠올리게 했다.

아오가 큰 소리로 울고 있으면 '뭐 이렇게 시끄러운 애가 다 있어……'라는 듯 상대가 인상을 찌푸리는 일도 많아서 자주 기가 죽었다. 하지만 이 할머니는 오히려 아오의 목소리가 큰 것을 기뻐하며 웃음 짓고 있었다.

강하다…….

유리는 생각했다. 엄마 경력이 5개월 차인 나약한 자신도 알 수 있는 베테랑의 풍격이었다.

"소노 씨는 보육교사 경력이 50년이니 안심하고 맡기면 돼."라고 옆에서 헌팅캡을 쓴 할아버지가 말했다.

그대로 유리는 오열하는 아오를 아기띠에서 꺼내 소노 씨에게 살포시 건넸다. 소노 씨는 아오를 안으면서 "아기 이름이 뭐예요?"라고 물었다.

"아오예요."

"아오. 예쁘기도 해라. 5개월 정도 됐나요?"

"네. 5개월 됐어요."라고 말하자 할머니는 아오와 눈을 맞추고 "아오, 참 예쁘네."라고 말하더니 빙긋이 웃었다. 아오의 팔다리를 살포시 만져서 체온을 체크하고 등도 만져서 기저귀를 확인하더니 아기 옷을 헐렁하게 만들었다. 아오를 안고 나지막하게 무언가를 노래하며 걸었다.

그러자 1분도 되지 않아 아오는 잠이 들었다. 조금 전까지 그렇게 울었으면서 말이다. 모르는 사람에게 안기면 평소에는 더 울 텐데. 이 소노 씨라는 사람은 대체 어떤 사람일까.

"어떤 아기든 앉은자리에서 잠들게 하는 '자장자장 소노 씨'지. 엄청나지?"라고 헌팅캡을 쓴 할아버지가 자랑스러운 듯 말했다.

"잠이 부족한 게 제일 괴롭죠. 애기 엄마, 많이 애썼어요. 괜찮다면 아오를 봐줄 테니 잠시 눈이라도 붙이고 가는 게 어때요? 그사이에 아오가 낮잠을 잘 자는지 제가 꼼꼼하게 체크할게요. 낮잠 체크는 말이죠, 아오가 잠들어 있는 동안에 5분 간격으로 눈과 센서로 확인할 테니 안심해요. 무료면 계속 부탁하기 눈치보이죠? 여긴 티켓이 있어요."

"티켓은 나중에 설명할 테니 어쨌거나 자도록 해. 애기 엄마, 피곤해서 안색이 너무 안 좋아."라고 할아버지도 옆에서 말했다.

뚫어져라 보니 소노 씨의 에이프런 가장자리에는 마을회관의 명찰이 달려 있고 〈하세가와 소노코/아기 재우기 담당〉이라고 적혀 있었다. 그 명찰은 어린아이가 모서리에 부딪혀도 아프지 않도록 헝겊인형 틀에 둘러싸여 있었다.

“그 안쪽에 수면실이 있으니 다음 젖 주는 시간까지 좀 쉬세요.”

선잠이라고 해도 베개도 다르고 간이침대에서는 잠을 깊게 잘 수 없을지도 모르겠다고 생각하며 몸을 뉜 순간, 기억이 그만 날아가 버렸다. 정신이 번쩍 들어 몸을 일으켜 수면실에서 느릿느릿 나오자 아오는 회의실 구석 매트에서 꺄꺄거리며 소노 씨에게 귀염받고 있었다. 이렇게 잠을 깊이 잔 건 오랜만이었다. 머릿속이 급속도로 맑아진 듯했다. 시계를 보자 1시간 반이나 지나 있었다. 으라차 하고 기지개를 켰다.

소노 씨가 “아오가 기분이 많이 좋은가 봐요.”라며 웃었다. 다시 끌어안은 아오가 무척이나 예쁘게 느껴졌다. 역시 아침부터 밤까지 내내 모자 단둘이서 보내는 건 괴롭기도 하다는 생각이 들었다. 낮잠을 조금 잔 것만으로도 이렇게나 체력을 회복할 수 있을 줄은 몰랐다.

방을 다시 둘러보았다. 구석에는 접힌 긴 책상과 조립식 의자가 쌓여 있었다. 이른바 마을회관의 널찍한 회의실인 듯했다. 구석에 있는 매트에는 수많은 장난감이 줄지어 있었고 옆에 아기 침대가 놓여 있었다. 아기 침대에는 ‘아오’라는 이름이 쓰인 팻말이 있었다. 정말로 5분 간격으로 호흡에 이상이 없는지를 섬세하게 체크하고 동그라미를 쳐서 지켜보고 있었던 듯했다.

“감사합니다. 마을회관에 이런 공간이 있을 줄은 몰랐어요…….”

헌팅캡을 쓴 할아버지가 “어라, 바깥의 팻말을 보고 들어온 게 아니었어?”라며 놀란 듯 말했다.

“아뇨. 아래층 접수처에서 뭐라고 말을 하긴 했는데 아오가 너무 울어서 못 들었어요…….”

할아버지가 이거 봐, 하고 가리켜서 벽을 보니 〈해바라기 마을회관 만사 상담소〉라고 근사한 목각 팻말이 걸려 있었다. 해바라기/마을회관/만사/상담소라고 가로쓰기로 되어 있었고 그 아래에는 아치 형태의 무지개 같은 로고가 들어가 있었다. 똑같은 팻말이 바깥의 벽에도 걸려 있었다. 아무래도 마을회관의 이 공간은 ‘만사 상담소’라는 이름으로 운영되고 있는 모양이었다. 그러고 보니 해바라기 마을은 주민 복지 특구로 마을회관에서 새로운 대책을 세웠다고 들은 적이 있다. 이 부근 일대는 도심에서 조금 벗어나 있어 옛날에는 아무것도 없었지만, 교통편이 좋아져서 대형 쇼핑센터가 생긴 것을 계기로 새로운 주민이 흘러들어와 개발도 점점 진행되고 있다고 한다. 개발되었다고 하지만 올빼미, 매 등이 사는 산, 삼림공원 등의 녹음도 많이 남아 있는 게 장점이다.

“만사 상담소요? 인재 고용 센터 같은 곳인가요?”

흔히 있는 노인 고용 센터 같은 곳인가, 하고 유리는 생각했다. 편지쓰기, 풀베기, 맹장지 새로 바르기 등을 의뢰하는 곳 말이다.

“여긴 단순한 노인 고용 센터가 아니야. 물론 나무 심기 장인이나 맹장지 장인 같은 직업으로도 등록할 수 있어. 그런데 그뿐만 아니라 특기로도 등록할 수 있는 점이 이 만사 상담소의 좋은 점이지. 예를 들어 소노 씨는 보육교사 경력 50년이라는 점을 살려서 ‘자장자장 소노’라고 불리지.”

“이제 체력적으로 보육교사로 일하는 건 무리지만 이렇게 애를 재우는 것만큼은 여전히 특기니까요.”라며 소노 씨가 웃었다.

“그것 말고도 예를 들어 우리 상담소에는 ‘거절하기 선수 다로’도 있고 반려견 교육이라면 이 사람이다 싶은 ‘강아지 교장 다케다’가 있는가 하면 생선요리라면 뭐든 맡길 수 있는 ‘생선 포뜨기 장인 쇼조’도 있어.”

“포뜨기 장인은 왠지 이해가 가는데 그 ‘거절하기 선수 다로’는 뭔가요?”

“이봐, 일상에서 좀처럼 거절하기 힘든 일이 있잖아. 무언가 권유받은 일이라든가 돈을 빌려달라는 부탁이라든가. 그 거절법을 강의해서 그 사람이 끝내 거절할 수 있을 때까지 도와주거나 심할 때는 고집 센 할아버지로 등장해서 그 사람을 대신해 단호하게 거절해주지. 지금까지 거절하지 못한 일은 제로인 엄청난 실력자야.”

"거절의 프로……."

"그래그래. 직업뿐만 아니라 그런 특기로도 등록할 수 있어. 나중에 이 명부를 보면 좋을 거야. 의외의 특기를 가진 사람들이 많아서 재미있으니까."라고 헌팅캡을 쓴 할아버지가 두꺼운 파일을 꺼내서 펼쳤다. 때마침 그 페이지에 '야기리 다로'라는 이름과 '거절하기 선수 다로'의 사진과 실적이 쓰여 있었다. 굵은 눈썹에 눈빛은 강렬했고 유도 선수처럼 체격도 다부졌다. 얼굴 사진만 봐도 거절하는 데 선수일 듯했다. 용자의 풍격이 엿보였다.

이용한 손님의 목소리도 실려 있었다. '악덕 기업을 무사히 관둘 수 있었습니다. 다로 씨 감사합니다.'라든가 '무사히 해약할 수 있었습니다. 안심했습니다.', '눌러앉아서 돌아가지 않던 방문판매업자에게 일갈! 통쾌했습니다.' 등이 있었다.

팔랑팔랑 넘겨보자 분명 '나무심기 장인' '전직 소바 전문가, 소바면을 뽑는 법을 알려드립니다.' 등의 직업으로 등록된 것도 있지만 '말장난 전문'이라든가 '칭찬 장인' 등 여러 가지가 있었다.

"말장난 전문?"

"아이디어 때문에 막막해진 카피라이터가 말장난을 전수받으러 오기도 하지."

"그런 거군요!"

들어보니 티켓은 한 장에 500엔인 모양이었다. 소노 씨의 경우는 재우기+1시간 돌보기에 티켓 한 장이라고 했다. 그 티켓을 사용해서 다른 상담원에게 의뢰할 수도 있고 제휴하는 상점가에서 물건과 교환할 수도 있다고 한다.

"우리는 우리대로 특기로 남들에게 도움이 되는 게 보람차고 말이죠."

"그래. 집에서 그냥 한가롭게 지내는 건 성에 안 차니까. 몸이 굳고말고."

그러고 보니 이 헌팅캡을 쓴 할아버지의 특기는 뭘까. 보아하니 명찰은 없는 듯했다. 소노 씨의 남편도 아닌 모양이고 말이다. 가만히 관찰하고 있으니 할아버지가 자신의 얼굴을 가리키고 "나?"라고 말했다. "난 알기 쉽지. 맞춰봐."

행색은 헌팅캡을 쓰고 쪼글쪼글한 트렌치코트를 입고 있었다. "힌트야, 엄청난 힌트."라고 말하더니 가슴주머니에서 검은 가죽 수첩을 꺼냈다. 주민등록증을 보여주는 것처럼 이쪽으로 보여주었다. 표지에는 세로로 '만사 상담소'라고 금색 글자가 박혀 있었다. 특별 주문했을까.

"어라. 아직 모르겠어? 요즘 젊은 친구들은 이렇다니까." 하고 불만스럽게 말하며 할아버지는 창문으로 다가가 걷어두었던 블라인드를 일부러 내렸다. 손가락으로 블라인드 틈을 벌리며 분위기 잡는 표정을 짓고 건너편을 응시했다. 무언가의 주제가를 작게 부르고 있었다.

"아, 알 것 같아요. 혹시 옛날 형사 드라마의—."

"이제 알았어? 그래그래, 내 특기는 범죄 심리, 방범 카운슬러 같은 거지."라며 의기양양해했다.

소노 씨도 웃으면서 말했다.

"통칭 '해결사 겐 씨'죠."

"와아, 형사 같아요."

"같다는 표현은 좀 그렇지 않아?"라고 토라진 듯 말했다.

겐 씨가 트렌치코트를 젖히자 허리춤에 버젓한 명찰이 달려 있었다.

〈야마기시 겐조/방범 카운슬러〉

그렇다 해도 겐 씨의 분위기가 참으로 형사다워서 오히려 형사 코스프레 같기도 했다. 요즘 형사는 이런 분위기가 아니지 않을까? 하고 태클을 걸고 싶은 마음으로 가득했지만 우선 잠자코 있었다.

그 겐 씨가 파일을 펼쳐서 보여주었다. 야마기시 겐조, '해결사 겐 씨'의 실적은 빈집털이가 들었던 집 방범 시스템 구축. 치한으로 고민하는 여학생의 마중과 배웅 보디가드. 스토커 피해를 입은 점원의 경비 등……. 그렇구나. 자필로 쓴 손님의 목소리도 실려 있었다. '이번에 아주 도움이 되었습니다. 겐 씨 너무 좋아요! 찻집 검은 고양이 일동으로부터.'라는 하트 형태의 카드도 있었다. '정원수를 손질하고 그 위를 걸으면 발소리가 나는 정원석과 불빛을 설치하고서부터 안심하고 있습니다. 열쇠도 바꿨습니다. 파출소에도 말씀해주셔서

순찰도 늘었습니다. 감사합니다.'

경찰도 바쁠 테니 매일 보디가드를 해줄 수 없다. 조금 불안할 때 방범에 대한 상담을 들어주거나 옆에서 지켜주는 사람이 있으면 분명 든든할 테다.

그건 그렇고 누군가와 이야기한 건 오랜만이고 이렇게 웃은 것도 오랜만인 듯하다. 아오가 그렇게나 울었던 건 엄마인 자신의 마음이 어둡고 갇혀 있었던 탓일지도 모른다. 아오는 지금도 기분 좋게 매트 위에서 소노 씨와 겐 씨에게 귀염을 받고 있었다.

소노 씨가 이쪽을 쳐다보았다.

"애기 엄마, 여기 마을회관에는 육아 지원센터도 있고 도서관도 취학 아동 보육실도 있어요. 큰 시설에 여러 가지가 있으니 조금이라도 피곤하면 언제든지 와요. 기본적으로 겐 씨와 나는 개관하면 늘 있으니까요. 놀러 오기만 해도 기분이 전환될 거고 저도 대환영이에요. 엄마한테도 소소한 휴식이 필요할 거예요. 엄마와 아이, 1대1로 집에서 시간을 보내는 것도 힘들 테니까요."라고 했다. 아오도 친숙해졌는지 소노 씨를 향해 손을 내밀었다.

겐 씨가 "지금은 아오도 어리니 어렵겠지만 아기 엄마도 만사 상담소에 특기를 등록하면 좋을 거야. 이 만사 상담소 등록자는 낮에 움직일 수 있는 우리 같은 할아버지나 할머니가 많으니 언뜻 보기엔 노인 고용 센터 같아졌지만 실제로는 연령 제한이 없어."라고 말을 꺼냈다.

갑자기 그런 말을 들어서 놀랐다.

"어, 전 뭔가의 달인도 아니고 등록할 수 있을 만한 특기나 엄청난 능력도 없어요."라고 목소리가 작아졌다.

그렇다. 옛날부터 공부도 보통, 운동도 보통, 음악이라든가 미술이라든가 그런 재능도 없었다. 상장은 한 장도 받은 적도 없고 남에게 자랑할 만한 특기도 사회에 공헌할 수 있는 능력도 없었다. 결혼식에서 공개할 만한 장기조차 없었다.

소노 씨가 대단하다 싶었다. 50년 동안 보육교사 일을 오로지 계속해왔다면 그건 이미 근사한 천직이다.

결혼하고 아오가 태어나서 일도 관뒀다. 관둔 직장으로는 이제 돌아갈 수 없으니 앞으로 분명 어딘가에서 새로운 아르바이트나 무언가를 시작해야 할 테다. 그런데 자신의 특기나 전문분야가 아무것도 없다니 왠지 모르게 허무한 인생이라고 새삼스럽게 생각했다. 스물여덟부터 잘하는 일이 갑자기 생겨 그 일이 열매를 맺진 않을 것이다. 무언가의 달인이 되기에는 너무나도 늦은 나이다.

"음, 그게 말이죠." 하고 곰곰이 생각하는 흉내를 내는데 둘 다 진지하게 이쪽을 쳐다보고 있었다. 화제를 바꿔주면 좋을 텐데 아직 가만히 이쪽을 보고 있었다.

특기라니……. 아무리 생각해도 떠오르는 것은 없었다.

여성지에 실려 있는 사람들처럼 사업을 시작하거나 강의를 하는 능력 있는 아이 엄마와 자신은 전혀 다르다. 코디가 매일 근사하고 SNS 팔로워 수가 몇만 명이나 되는 멋들어진 엄마도 아니다. 남에게 말할 수 있는 특기 하나 없는 이런 자신이 왠지 모르게 무척이나 시시한 인생을 보내고 있는 것처럼 느껴졌다.

"저, 정말 할 수 있는 게 없어요."

"그럼 평소에 뭘 하지?" 겐 씨가 바로 물었다.

"그게 말이죠……. 스마트폰이라든가, SNS라든가……."

절대 근사한 일이 아니다. 왠지 창피해졌다. 스마트폰이라니, 그런 건 누구나 할 수 있는 일이다.

"괜찮네!" 소노 씨와 겐 씨, 두 사람의 목소리가 겹쳐졌다. "스마트폰, 우리 나잇대에는 잘 몰라서 곤란해하는 사람이 엄청 많거든. 애 엄마가 여기서 선생님이 되어주면 다들 엄청 도움이 될 거야."

"애 엄마한테 당연한 일이 남한테는 당연한 일이 아닐지도 몰라요. 어떤 특기든 근사하게 남에게 도움을 줄 수도 있죠. 대단하죠?"라며 소노 씨는 복주머니를 찾아 안에서 스마트폰을 꺼냈다.

"그럼 지금 바로 부탁해볼까요? 사진이 말이죠, 이유는 모르겠지만 가로로 나와서 보낼 때마다 고민이에요…… 이런 건 누구한테 묻기가 좀 그래서."

"아, 그건 말이죠."라며 매트 위에서 소노 씨 옆에 앉아 방향 바꾸는 법을 가르쳐주었다. 그 밖에도 한번 확인해보고 싶었다고 하는 플리마켓을 보는 법을 알려주었다. 소노 씨가 "이걸로 조금 전의 티켓은 상쇄됐어요. 도움이 됐어요. 고마워요."라고 말했다.

왠지 모르게 누군가에게 고맙다는 말을 들은 게 오랜만이라고 가슴속 깊이 느꼈다.

문득 두 사람의 명찰에도 〈해바라기 마을회관 만사 상담소〉 간판에도 있는 로고 마크인 무지개 같은 아치가 있어서 시선이 머물렀다. 파일에도 같은 로고가 들어가 있었다.

"이곳의 로고는 무지개인가요?"라고 겐 씨에게 물어보았다.

"아니, 무지개가 아니라 다리야. 애기 엄마는 만사 상담소 마크가 왜 다리일 것 같아?"

"이 부근에 다리가 있나요?"

이른바 철근으로 만들어진 일자로 된 다리는 있지만 이런 아치 형태의 다리가 근처에 있었나 하고 생각에 잠겼다. 그러자 겐 씨가 종이 한 장을 꺼냈다. 단순한 복사 용지였다.

"이곳에 폭이 1미터 정도 되는 강이 있다고 쳐. 이런 종이로 다리를 만들 수 있을까. 사람이 건널 수 있는 버젓한 다리 말이지."

우선 받아든 종이를 아치 형태로 만들어보았지만 당연하게도 종이가 얇아서 형태를 유지하지 못했다. 접어도 인간이 건널 수 있는 다리를 도저히 만들 수 없을 테다. 그사이에 아오가 종이를 들고 놀기 시작했다.

"아, 알겠어요. 난센스 퀴즈 그런 건가요? 한가운데를 지나가면 괜찮을 것 같은데……."

"잇큐* 씨야? 아냐 아냐. 사람이 버젓하게 건널 수 있는 다리야."

"그런 건 종이로 만들긴 무리잖아요."

겐 씨는 로고인 아치에 시선을 보냈다.

"이 다리 형태는 아주 강한 모양이야. 돌을 이렇게 아치 형태로 쌓아나가겠지. 그리고 마지막 돌을 위에서 한가운데로 끼워 넣으면 말도 사람도 건널 수 있는 아주 튼튼한 다리가 되지."

하지만 돌은 이해가 되는데 설마 종이로도 가능하다고?

"같은 일을 종이로도 가능하다고 해. 종이 다발을 강 건너편과 내가 서 있는 쪽에서 쌓아나가는 거지. 마지막 부분은 망치로 끼워 넣듯이 해서 종이로 아치를 만드는 거야. 실제로 영국 예술가가 종이 2만 장으로 해본 모양인데 어른이 건널 수 있는 버젓한 다리가 완성됐대."

"와아……. 종이로도 확실히 다리가 되는군요."

겐 씨가 고개를 끄덕였다.

"이 상담소에는 무엇이든 해결할 수 있는 슈퍼맨도 없고,

* 독특하면서도 깊은 가르침으로 많은 사람에게 존경을 받은 일본의 스님이다.

혼자서 1만 명의 사람을 행복하게 해줄 수 있는 위대한 사람도 없어. 두뇌 명석한 명탐정도 안타깝게도 없고. 하지만 이 종이도 마찬가지야. 이렇게 팔랑팔랑한 종이도 엄연한 다리가 될 수 있으니까 한 사람 한 사람의 소소한 특기가 합쳐져 다 같이 힘을 모으면 우리도 남을 위해서 무언가 할 수 있을지도 몰라. 로고를 생각한 사람은 전직 건축가인데, 이 상담소에 딱이지?"

겐 씨의 그 말에 술렁이던 마음이 조금 차분해졌다. 이 세상에는 유명한 인플루언서인 엄마가 어딘가에 분명 존재한다. 하지만 자신은 자신 나름의 특기로 주변에 있는 누군가에게 도움이 된다면 그건 그것대로 소소한 기쁨이 되지 않을까?

그런 작은 도움이 모이면 언젠가 건너지 못해서 곤란하던 강에 다리를 건설할 수 있을지도 모른다.

소노 씨가 주머니에서 인형을 꺼내 아오를 달래주었다.

"아오가 조금 더 크고 나서 만약 지금보다 마음의 여유가 생기면 이곳에 스마트폰 선생님으로 등록해요. 다들 좋아할 거예요."

겐 씨도 만족스럽게 고개를 끄덕였다. "애기 엄마, 이름이 뭐야?"

"하치야마 유리예요."

"그렇군. 이걸로 애기 엄마는 '만지작만지작 스마트폰 강사 유리'로 결정됐어."

"어, 저기……. 저한테도 뭔가 좀 더 근사한 별명 없나요?" 라고 말하자 다들 웃었다. 웃는 소리에 휩싸인 채 아오도 덩달아 웃고 있었다.

그리하여 유리와 아오는 만사 상담소에 드나들기 시작했다.

제1화

위로 천사 류타로의 비밀스러운 모닝콜

이 세상에는 목소리가 좋은 사람이 있다. 듣기만 해도 귀가 기뻐하는 듯한 깊은 울림. 아주 고가의 바이올린처럼 신에게 선택받은 성대를 가지고 태어났을지도 모른다.

오늘은 해바라기 마을회관 회의실에서 낭독 자원봉사자가 펼치는 전래동화 '딱딱산' 이야기 모임이 있었다. 해바라기 마을회관에는 도서관도 병설되어 있어서 한 달에 여러 번 이야기 모임이 열린다. 이 도서관에서 주최하는 이야기 모임은 평판이 좋아서 오늘도 아이를 데리고 온 손님으로 문전성시를 이루었다. 이 시간대에는 아이를 데리고 온 손님뿐이지만 이야기 모임은 어른을 위한 것도 있으며, 대문호의 명작을 낭독하기도 해서 그쪽도 무척이나 인기가 좋다고 했다.

회의실에는 의자가 간격을 두고 나란히 놓여 있었고 이미 아기나 유아를 데리고 온 엄마, 아빠가 모여 있었다. 뒤에서 보면 머리 색깔이 여러 가지였다. 언뜻 보기에 우락부락 무서워 보이는 아빠가 아이 셋을 데리고 익숙하게 아기를 어르고 있는 모습을 보면 의외로 재미있었다.

오늘 이야기 모임의 낭독자는 나이가 거의 예순 후반쯤 되는지 흰머리를 뒤로 다 넘겨 안경을 쓰고 와일드한 턱수염을 기르고 있었다.

"아아, 딱딱산이라서 그래. 그러니 딱딱거리는 소리가 나지."라고 낭독할 때의 목소리의 깊이감이란! 갑자기 회의실에 "점장, 마티니 한 잔." 같은 하드보일드한 밤의 분위기가 감돌았다. 유리는 아오를 안은 채 넋을 놓고 보고 있었다. 유리뿐만이 아니라 다른 보호자들도 몰두해서 듣고 있는 듯했고, 유리는 딱딱산에 가고 싶다는 생각이 들었다. 빨간 오픈카를 몰고서 말이다.

낭독이 끝나자 큰 박수가 일었다. 그 자원봉사자는 "감사합니다. 다음에 또 이야기 모임에서 만납시다. 간다 류타로였습니다."라고 역시 차분한 목소리로 말했다. 좋은 목소리는 아기도 알아서인지 아니면 빠르기와 억양이 적당해서인지 아오도 울지 않았고 떠드는 아이도 없었다. 역시나 싶었다.

그 낭독 봉사자가 옆방인 '만사 상담소'로 들어가길래 유리도 왠지 모르게 따라 들어갔다. 상담소 공간에는 요전번처럼 소노 씨와 겐 씨가 있었지만 겐 씨는 이미 상담소에 와 있던 의뢰인을 응대하고 있는 듯했다. 의뢰인의 뒷모습이 보였다. 겐 씨의 "……아아, 그렇다면 저희한테는 달인, '어묵과 마카로니 피리의 미요시'가 있으니 때마침 잘됐네요."라는 목소리가 들려왔다. 이 세상에 어묵 피리를 잘 부는 달인이 있어서 때마침 잘됐다는 상황도 있구나 싶었다.

겐 씨는 이렇게 이곳에 불쑥 방문한 의뢰인에게 적당한 상담원을 소개하는 역할도 맡고 있는 모양이었다. 책상 위에 상담원 파일을 펼쳐서 "어묵과 마카로니의 1인 2중주는 참으로 훌륭했습니다."라고 이것저것 설명하고 있었다.

"어라, 유리 씨, 아오도 왔니?" 하고 소노 씨가 말했다. 소노 씨를 보자마자 아오가 기쁜 듯 소리를 내서 오늘도 안겼다. 아오는 기분이 좋은 듯 어리광을 부렸다.

방에 와 있던 의뢰인은 "그럼 얼른 미요시 씨에게 연락을 해볼게요. 감사합니다."라고 메모를 한 손에 들고 밝은 표정으로 돌아갔다.

문득 쳐다보자 조금 전의 낭독 자원봉사자도 겐 씨의 이야기가 끝나기를 기다리고 있는 듯했다. 눈이 마주쳐서 "조금 전의 딱딱산, 정말 근사했어요."라고 말하자 상대가 "감사합니다."라고 차분하고 나지막하게 답했다.

겐 씨가 옆에서 "그렇지? 이쪽은 이 상담소 최고의 미성의 소유자, 간다 류타로 씨야."라고 끼어들었다.

겐 씨가 의자를 내주었기에 다 같이 앉았다. 차분하게 이야기를 들어보니 류타로 씨는 전직 라디오 진행자라고 했다. 역시 몸가짐도 발성도 평범한 사람이 아니라고 생각했더니 목소리의 프로였다. 진행도 소화해내고 성우로 내레이션이나 외국영화 더빙도 했다는 베테랑이다. 은은한 매력을 가진 목소리로 인기가 좋았지만 몸 상태가 나빠져 라디오 진행자 자리는 후배에게 양보했다고 한다. 지금은 일을 가능한 줄이고 낭독회 강사나 봉사활동 등을 하면서 느긋하게 살고 있다고 한다.

그런 사람이 왜 '만사 상담소' 방에 있는가? 싶었지만 이 류타로 씨는 '만사 상담소'의 상담원으로도 등록돼 있다고 한다. 회원 파일을 보았다. 역시 연예계와 관련된 일을 한 적이 있어서 그런지 초록색 배경에 자연스러운 편안한 포즈로 연예인의 홍보 사진처럼 찍혀 있었다.

'간다 류타로'는 '위로천사 류타로'로 등록되어 있었다.

"위로천사요?"

유리는 놀랐다. 위로천사는 뭘까? 내레이션도 했으니 동영상이나 무언가에 목소리를 입힌다든가 결혼식 사회를 맡는다면 이해하겠지만 위로천사는 무엇인가?

"말 그대로 사람을 위로하는 거야." 하고 겐 씨가 말했다.

류타로 씨도 "말해줬으면 하는 문구가 있으면 지정된 말을 지정된 시간에 해요. 음성 데이터를 건넬 일이 있으면 전화로 그대로 해주기도 하고요. 모닝콜처럼 정해진 시간에 매일 걸어주기도 하고요. 지금까지는 라디오처럼 대다수를 향해 말을 건넸지만 지금은 한 사람을 위해서 말을 거는 일이 많지요."라고 설명했다.

와아…… 싶었다. 확실히 류타로 씨의 목소리는 나지막해서 좋았지만 그런 걸로 '위로천사'가 가능할까. 모르는 타인에게 위로를 받았다고 해서 그렇게 기쁠까? 하고 의아하게 생각했는데 위로천사 신청은 거의 매일 끊이지 않는다는 사실에 놀랐다.

"예를 들어 마음속으로 듣고 싶은 말이 없나요? 아침에 들으면 오늘 하루 종일 힘내서 살 수 있을 것 같은데, 하는 말."

유리는 잠시 곰곰이 생각했지만 그다지 감이 오지 않았다.

"잘 모르겠지만……. 굳이 말하지만 '육아, 열심히 하고 있네요' 같은 말일까요?"

"이름은요?"

"하치야마 유리요."

"자녀 이름은요?"

"아오예요."

그러자 류타로 씨가 흠, 하고 고개를 한 번 끄덕였다.

바로 정면으로 눈이 마주쳤다.

"유리 씨……. 매일 아오를 정말 열심히 보살피고 있군요. 대단해요."

그 말을 듣기만 해도 눈시울이 왠지 모르게 급격하게 뜨거워지고 마음에 와닿아서 그대로 울어버릴 것 같았다. 옆에서 겐 씨가 "어이! 울지 마. 정말 단순하군."이라며 황당해했다.

"그야 다들 육아를 당연하다고 생각하니까요……. 주변에서 아무도 이런 말 안 해주니까요……."라면서 손수건을 꺼내 눈물과 콧물을 꾹 눌렀다. 역시 프로 중의 프로였다. 연극이라든가 뮤지컬에서도 마음이 확 사로잡힐 때가 있지만 일대일로 들으니 직접 와닿았다. 자신 한 사람을 향한 위로의 목소리가 이렇게 가슴에 벅차오를 줄은 몰랐다. 이게 프로 '위로천사'의 힘이구나…….

"누구나 마음속으로 듣고 싶은 한마디가 있다고 봐요. 누군가에게 그런 말을 들으면 오늘 하루를 힘낼 수 있을 것 같은 말이요. 예를 들어 입시 전이거나 중요한 시기의 일을 앞두고 있거나 할 때요. 그럴 때 내 목소리로 그 사람을 위로할 수 있을 거예요. 라디오와는 다르게 일대일이니 저도 진검승부를 하는 거죠. 대사에 내가 지금까지 쌓아온 모든 기술로 '힘냈으면 좋겠다, 보답 받기를 바란다'는 소망을 전부 담는 거죠."

이용자의 목소리를 보니 '덕분에 합격했습니다! 간다 씨 고마워요.'라든가 '어떻게든 힘껏 버텨서 여기까지 올 수 있었어요. 감사합니다. 포기하지 않아서 다행이에요. 빈주먹으로 열심히 노력하겠습니다!', '이혼 성립됐습니다. 앞으로의 인생은 자신을 위해 살겠습니다. 감사합니다.' 등 여러 사람의 인생이 있다는 생각이 들었다. 그런 와중에 섞여서 '도적 피구 정말 좋았습니다.'라는 감상도 꽤 있었다.

"'도적 피구'라니 들은 적 있는 듯한데…… 어느 나라 드라마였더라."

실시간은 아니지만 재방송으로 점심 무렵에 봤던 듯한 느낌이 들었다. 멋진 주인공과 어떤 소리라도 흉내 낼 수 있는

파트너가 있었던 것 같은?

겐 씨가 "가난한 자의 아군이자 의적인 '피구'는 좋은 드라마였지……."라고 진지하게 말했다. "류타로 씨의 목소리도 차분한 멋이 있어서 무적의 피구에 딱 어울렸고. 늘 잡힐 뻔해서 위험에 처하지만 화려하게 도망쳤고. 매회 재미있어서 내 주변에도 팬이 많았어."

류타로 씨는 "뭐어, 옛날이야기죠."라며 쑥스러워했다.

"류타로 씨가 위로하는 목소리를 시험 전에 들으면 확실히 힘이 나죠. 일하기 전이라던가요."

"그래도…… 개중에는 좀 걱정스러운 손님도 있어요."

류타로 씨가 한숨을 작게 쉬었다.

"오늘은 좀 들어줬으면 하는 이야기가 있어요. 그렇게 거창한 이야기는 아니지만요……."

그 말을 들은 겐 씨는 의자를 통째로 방향을 바꾸더니 책상을 사이에 두고 류타로 씨의 정면에 앉았다. 겐 씨와 류타로 씨가 바로 정면으로 마주하는 형태가 되었다.

"류타로 씨가 그런 표정을 지은 적은 이제껏 한 번도 없었잖아. 무슨 일이 있었는지 들어야지."라며 겐 씨는 책상 위에서 양손 손가락을 깍지 끼고 류타로 씨를 가만히 응시했다. 오늘 겐 씨는 낡은 양복을 입고 있었다. 창문에서 그곳으로 빛이 비스듬히 비쳐들어서 왠지 그곳 한쪽만 갑자기 취조실처럼 보였다.

"신경이 쓰인다고 해도 제가 멋대로 착각한 거라고 생각하지만요."라고 류타로 씨가 읊조렸다.

겐 씨의 눈빛이 날카로워졌다.

"일상에서 뭔가 이상하다 싶을 때는 무슨 일이 벌어지기 시작할 때라고 난 생각해. 예를 들어 평소에 눈에 잘 안 띄던 사람이 보통은 없었던 점심 시간대에 있는 것만 해도 그건 빈집털이의 사전답사이기도 하지. 위화감을 느꼈다면 문단속을 철저히 해서 조심할 수 있어. 위화감은 인간에게 주어진 경고 신호지."라고 겐 씨가 말했다. 방범에 관해서 잘 아는 겐 씨다웠다.

"좀 걱정되는 손님이라고는 하지만 의뢰는 단순한 모닝콜이라 상대의 전화번호밖에 모릅니다. 이 '위로천사' 의뢰도 전화로 한 거였고요. 그래서 아무리 제가 걱정을 해도 할 수 있는 건 없어요. 그래서 괜히 나쁜 쪽으로 상상이 부풀어 오르죠."

"류타로 씨, 그 의뢰인이 뭐가 어떻게 걱정인 거지?"

류타로 씨는 잠시 무엇부터 이야기할지 망설이고 있는 듯했지만, 마침내 말할 결심이 선 듯했다.

"이 건은 제가 마음대로 혼자 걱정하고 있을 뿐이에요. 그래서 그 사람에게 제가 무언가 손을 쓸 수 있다든가 그런 건 아니에요. 그래도 매일 아침마다 왠지 모르게 두렵네요."

"두렵다고……?"

유리는 묘한 생각이 들었다. 전화가 두렵다니, 무슨 일일까?

"두렵다니 무슨 뜻이지? 상대가 진상이야? 하지만 모닝콜 자체는 류타로 씨의 번호는 모르도록 해놨잖아."

"아뇨. 진상은 아니에요. 그래도 그 사람이 언젠가 통화 도중에…… 갑자기 죽어버리지 않을까 싶어서요."

죽는다, 는 말이 나오다니, 심상치 않은 일이었다. 갑자기 정적이 흐르고 소노 씨와 아오가 노는 목소리만이 또렷하게 들렸다.

"그 사람은 젊은 남성이고 매일 아침에 모닝콜을 의뢰했어요. 그저 위로의 말을 듣고 싶다고 해서 의뢰를 받았고요. 제가 직접 이름을 부르는 일은 없어요. 시간은 10시, 모닝콜치고는 늦은 시각이죠. 전화 속에서 전철 소리가 들리는 것으로 봐선 역에 있는 듯한 분위기예요. 그 남성은 아마 출근길 역 플랫폼에서 매일 위로의 전화를 받고 있는 것 같아요."

"10시라니, 출근이 참 늦군."

"네. 모닝콜은 대개 7시대라든가 6시대가 많으니 그런 점에서도 신경이 쓰여서요."

"상대가 뭐라고 해? '지금 당장 죽고 싶다'든가 '더 이상 살고 싶지 않다'든가."

"아뇨. 거기까지는요. 그래도 늘 숨이 떨리고 있어요. 맨 처음에는 울고 있나 싶었을 정도였어요. 목소리는 젊고 아마

20대일 거예요. 혹시 올해 4월에 갓 입사해 이번에 대학을 졸업한 사원일지도 몰라요. 이제 다 틀렸어요, 도망치고 싶어요, 괴로워요……라고 중얼거릴 때도 있어요. 마지막에는 늘 기어들어 가는 목소리로 감사합니다, 라고 말하고서 전화를 끊고요."

유리는 상상해보았다. 회사에 갓 취직한 젊은 남자. 우는 걸 참고 있다. 떨리는 목소리. 매일 플랫폼에서 위로의 전화를 기다리고 있다. 아침에 일어나기 힘들지만 무리해서 역까지 오는 것이다. 눈앞으로 몇 대나 되는 급행 전철이 지나간다. 그사이에도 상사가 호통치는 목소리와 기한까지 도저히 맞추지 못할 듯한 안건이 머릿속을 스쳐 지나간다. 가만히 있어도 손이 떨린다. 심장도 찌릿찌릿하게 아프다. 에이, 안 들려, 선배가 보란 듯이 하는 욕이 바로 뒤에서 들려온다. 그 목소리에서 달아나다시피 남자는 반걸음 앞으로 또 반걸음 앞으로 이동한다. 어느 아침에 위로의 말이 끝나는 것과 동시에 그 남자는 선로에 훌쩍 뛰어내리고서—.

뚝, 하고 통화가 끊어진다.

거기까지 상상하고 유리는 팔뚝에 돋은 닭살을 가라앉히듯 문질렀다. "확실히 걱정되네요."

"벌써 닷새나 모닝콜을 계속하고 있어요. 의뢰는 아흐레 동안이니 앞으로 나흘. 앞으로 나흘 동안에 뭔가 엄청난 일이 일어날 듯한 느낌이 들어서요……. 신문이나 뉴스에 전철로 뛰어든 자살 뉴스가 나오면 어쩌나 하고 왠지 내가 더 그 시간이 되면 신경이 쓰여서 매일 제정신이 아니에요. 의뢰한 상대는 어디의 어떤 사람일까요?"

시스템을 들어보니 모닝콜 신청은 마을회관 홈페이지에서 결제가 가능해서 직접 얼굴을 마주하지 않은 채 거래가 성립된다고 한다. 그래서 접수처에 물어도 그 손님이 어떤 사람인지는 알 수 없었다고 했다.

"마을회관 손님이니 이 근처에 사는 사람이지 않을까요? 의외로 얼굴을 아는 사람이라던가요."

유리가 물었다.

"이런 상담소 시스템은 다른 데는 별로 없으니 아마 이 근처에 사는 이웃일 것 같아요. 그런데 실제로 만난 적은 없으니 어디 사는 누군지는 모르겠어요."

아오를 안은 소노 씨가 "겐 씨, 이런 일은 경찰에서 전화번호를 조사해 주인의 주소를 알아내거나 할 수 없어요?"라고 하는 말이 조금 떨어진 곳에서 들렸다.

"사건이 일어났을 때는 경찰이 재판소로 영장 청구를 한 뒤 재판소에서 조사 영장이 내려오지. 그러고 나서 휴대전화 회사에 강제로 조사를 해야 개인정보를 알 수 있는 흐름으로 진행돼. 그런데 이럴 경우에는 아직 사건이 일어난 게 아니니 전화번호로 상대를 특정하기는 어려울 거야."

그렇구나. 겐 씨가 예를 들어 지인인 누군가에게 부탁한다고 해도 조사 영장까지 발부받기는 어렵겠구나, 하고 유리는 생각했다. "경찰에 이야기해도 전화에서 들려오는 목소리가 걱정이라는 것만으로는 움직여주지 않을 듯하고 역시."

"아마 무리일 겁니다." 류타로 씨도 침울해졌다.

앞으로 나흘. 그리 생각하자 시간이 거의 없었다.

"매일 '분명 너라면 할 수 있어'라든가 '도망치는 거야? 네 힘을 보여주는 순간이 언제겠어. 지금이야'라든가 '내 파트너는 너잖아? 가보자고. 할 수 있어'라든가 의뢰인의 요청대로 계속 격려를 해주고 있어요."

"어, 그거 도적 피구의 명대사잖아!"라고 겐 씨가 흥분해서 말하더니 "실제로 들으니 역시 근사하구나."라며 몸을 파르르 떨었다.

류타로 씨도 "그 친구는 젊은데도 재방송인가 뭔가로 봤나 봐요. 피구의 팬 같아서 기뻐요."라고 말했지만 표정에 바로 그늘이 졌다.

"예를 들어 우울증인 사람한테는 '힘내'라고 위로하면 안 된다고들 하죠. 제가 위로하는 말이 매일 그 사람을 궁지로 몰고 있는 게 아닐까 싶네요……."

괴로워요, 라고 남자가 말한 모양이었다.

겐 씨가 팔짱을 끼고 생각에 잠겼다.

"그럼 류타로 씨가 그 전화로 직접 말을 거는 건 무리일까? 예를 들어 '인생에는 나쁜 일만 있는 게 아니야. 경솔하게 굴지 마'라고 잘 타일러 본다든가."

"그 생각도 했는데 지금은 이 통화만이 나와 그 사람을 연결하는 가느다란 실이에요. 예를 들어 의뢰받은 피구의 대사와 다른 말을 하거나 사적으로 '경솔하게 굴지 마'라고 타이르면 그 사람과의 신뢰 관계 깨지지 않을까요. '위로천사'에게도 피구에게도 배신당한 듯한 느낌이 들어서 세상에 더 절망하는 일이 생길지도 모르죠."

유리는 그 말을 듣고 떠오른 게 있었다. 예전에 회사에서 일했을 때 점심시간에 편의점에서 매일 같은 카페라테를 계속 샀다. 그런데 우연히 요구르트를 골랐던 날에 "아, 오늘은 카페라테가 아니네요?"라고 평소 보는 점원이 빙긋이 웃으면서 말을 걸어왔다.

그 이후 어째서인지 가기 불편해져서 다른 편의점으로 가게 되었다. 그 점원은 친절하게 말을 걸어줬고 얼굴도 기억해줬다. 점원의 행동으로서는 타당하다고 생각한다. 말씨도 공손했고 꺼림칙한 느낌도 들지 않았다. 좋은 사람이라고 생각한다. 하지만 당시에는 어려서인지 왠지 모르게 그곳에 가기 불편하다고 느꼈다. 이 기분은 제대로 설명할 수 없지만 편의점에는 편의점에서만의 의사소통이 있고 모닝콜에는 모닝콜만의 의사소통이 있다고 생각한다. 거기에 예상 밖의 말이 돌아와 '아, 역시 살아보자'라고 긍정적으로 변할지는 의문스럽다. 지금 상담소에 있는 사람 중에서 아마 제일 그 남자와 세대가 가까운 유리도 류타로 씨가 한 말에는 일리가 있다고 생각했다. 전화로 타이르는 건 안 된다.

"저도 그렇게 생각해요. 모닝콜 상대가 갑자기 뭔가 개인적인 말을 꺼내면 깜짝 놀랄지도 몰라요……. 저보다 젊은 세대라면 특히 그렇지 않을까요?"

"그런가……." 하고 겐 씨가 입을 다물었다. "그런데 열흘이 아니라 아흐레라는 건 정말 어중간한 것 같군. 오늘은 국경일이고……. 토요일과 일요일은 쉬는 날인가?"

"그게 참 토요일 일요일도 휴일이 없었어요. 혹시 휴일이 적은 악덕 기업에 다니고 있을지도 몰라요."

겐 씨는 여전히 고개를 갸웃거리고 있었다. "일은 계속하는데 딱 맞아떨어지는 열흘이 아니라 아흐레에 끝나는 건 어째서지?"

"그 아흐레째 날에 무슨 일이 있는 걸까요……?" 유리가 말하자 상담소가 고요해졌다.

뭔가 감행하는 날이라든가.

이렇게 되면 갈수록 그 의뢰인이 걱정된다.

"류타로 씨. 내일 10시에도 모닝콜을 한다면 이 상담소에서 전화를 걸어보지 않겠나?"

"네. 그건 가능해요……. 그런데 상대에게 질문도 못하고 전화번호로는 추적도 할 수 없으니 이쪽에서는 뭘 어떻게 할 수 없을 것 같지만요."

"나는 방범 카운슬러지만 이곳에 대기하다가 상담소에 오는 의뢰인한테서 받은 의뢰를 상담원에게 알선하는 역할도 하고 있지. 만사 상담소에는 이런 일에 있어서 딱 알맞은 특기를 가진 상담원이 있어."라며 겐 씨는 짓궂은 미소를 지었다.

전화 상대가 몹시 신경 쓰이는 유리도 내일 10시에 이곳으로 오기로 했다. 대체 무슨 일이 일어날까?

다음 날 아침. 평소와 시간대가 다른 탓인지, 아니면 엄마인 유리의 고양된 마음과 긴장감을 민감하게 파악한 탓인지 아오가 아무리 애를 써도 울음을 그치지 않았다. 약속한 10시 전인데 초조해하면 초조해할수록 목소리는 커졌다. 마을회관 앞 골목길에서 유리는 크게 우는 아오를 계속해서 어르고 있었다.

그렇다면 최후의 수단으로 '자장자장 소노 씨'의 신의 손에 의지할 수밖에 없다고 결심을 하고 마을회관 2층으로 갔다. 여전히 우는 아오를 안고 상담소 방으로 가자 평소의 멤버인 겐 씨와 소노 씨, '위로천사 류타로 씨'가 낯선 할아버지를 둘러싸듯이 서 있었다. 할아버지는 낡은 정장을 입고 옛 글을 가르치는 선생님인 듯한 온화한 느낌을 풍겼다. 의자에 앉아 돋보기를 쓰고 익숙한 손놀림으로 컴퓨터를 조작하고 있었다.

그 할아버지가 일어나서 이쪽을 보고 눈을 빛내며 무언가 말하고 있었다.

소노 씨는 "이쪽은 —씨예요."라고 그 사람을 소개하고 있는 듯했다. 겐 씨도 손짓 발짓을 섞어서 무언가를 설명하고 있는 듯했지만 아오가 우는 소리에 지워져 아무것도 들리지 않아서 유리는 애매한 태도로 가볍게 인사했다. 그건 그렇고 우는 소리가 엄청나다. 아무것도 들리지 않았다. "작업 중이에요. 시끄러우니 가만히 있어요."라는 소리를 듣지 않을까 싶었는데 할아버지의 표정은 왠지 기쁜 듯했다. 낯선 기계를 꺼내서 연달아 무언가 말하고 있다. 할아버지가 만지고 있는 기계에는 액정화면이 있고 유심히 보니 마이크 같은 것이 두 개 비스듬하게 나와 있었다. 우는 소리 사이사이 "좋은 목소리"와 "신기록"이라고 말하는 것을 알 수 있었다. 우선 고개를 끄덕이자 할아버지는 기계를 잠시 아오 가까이로 내밀었다. 얼굴 옆의 수수께끼의 기계에 아오의 우는 소리가 기어를 한 단 더 올리자 할아버지는 그래그래 하고 고개를 끄덕였고 더욱 만족스러운 듯한 표정을 지었다. 기계 스위치를 끄고 "감사합니다."라고 입이 움직이는 것을 알 수 있었다.

이 사람은 대체 누구일까. 이 기계는 대체 뭐고.

마침내 소노 씨 덕분에 아오가 울음을 그쳤지만 울음을 그쳤다고 해도 모닝콜을 하는 중에 소리나 목소리가 들어가면 곤란하겠다는 생각이 들었다. "우리는 잠시 복도에서 걷다

올까요?"라고 소노 씨도 말해서 모닝콜을 하는 동안에는 방 바깥에서 기다리기로 했다.

잠시 후에 마침내 모닝콜이 끝난 듯했다. "오늘 모닝콜은 끝이군. 아오야 이리 오렴."하고 출입구에서 겐 씨가 말하며 문을 크게 열어젖혔다.

할아버지는 익숙한 손놀림으로 컴퓨터를 조작하고 있었다.

"죄송해요. 조금 전에 아오 울음소리 때문에 아무것도 안 들렸거든요. 이분은……." 하고 물어보았다.

"이분은 '소리 마니아'인 사쿠라기 사토시 씨야. 전직 수도국 직원이고 한때는 땅에서 나는 소리로 물이 새는 곳을 찾아내는 프로였어. 정년을 맞이해서 은퇴한 지금은 온갖 소리를 취미로 수집하고 있는 소리 컬렉터고. 지금은 소리와 관련된 트러블을 중재하고 있지."

그 '소리 마니아 사쿠라기 씨'가 이쪽으로 방향을 틀었다. 사쿠라기 씨는 "소리는 이렇게 음청봉을 지면에 대서 지하의 누수를 알아맞히는 거죠."라고 말하더니 귀를 봉에 갖다 대는 듯한 제스처를 취해 보였다.

"아니, 조금 전 울음소리는 훌륭했어요. 107데시벨은 신기록이에요. 크기뿐만 아니라 저음에는 풍부한 깊이감이 있고 고음도 부드럽게 뻗어 나가더군요. 신선하고 절도 있는 호흡음도 괜찮았어요. 아기의 울음소리로는 완성도가 1998년 공원에서 발견한 것 이후 최고였어요. 오늘은 근사한 날이군요. 좋은 울음소리를 녹음할 수 있어서 영광이에요."라고 말하더니 싱글벙글했다. 세상에는 여러 마니아가 있는 법이구나 싶었다.

소노 씨가 아오와 놀아주겠다고 해서 맡겼다. 유리도 뭔가 도움이 되는 일이 없을까 해서 "통화 상대에 대해서 뭔가 알아내셨나요?"라고 물어보았다.

류타로 씨가 "오늘 목소리도 상당히 긴장감이 넘치는 것 같았어요……."라며 걱정스러운 얼굴을 했다.

"지금 음성 데이터를 해석 중이에요. 전 데이터를 들어보실래요?"라고 해서 전 음성을 들었다.

통화연결음이 두 번 울린 후 전화가 연결되었다.

"……내 파트너는 너잖아? 가, 할 수 있어." 이건 류타로 씨가 위로하는 목소리였다. "솔직히…… 괴로워요." 침묵이 잠시 이어졌다. "감사합니다. 힘낼게요."

통화가 끊어졌다.

겐 씨는 "와, 도적 피구의 명장면이 다시 떠오르는군. 다들 무시하던 실수투성이의 젊은이를 피구 단 한 사람만이 믿어주는 장면이지."라고 눈을 감고 말하고 있었다.

그렇다고는 하지만 단지 그뿐이었다. 유리에게는 단순한 대화로만 들렸다. 하지만 류타로 씨가 걱정하는 것도 이해가 될 만큼 상대의 목소리는 떨리고 있었다. 숨소리가 떨릴 뿐만 아니라 겁을 먹고 있는 것처럼도 나약하게 들렸다. 고독하고 일이 버겁고 직장 내 괴롭힘도 당해서 당장이라도 정신적으로 찌부러질 듯한 젊은 남성을 연상시켰다.

"겐 씨, 그런데 '도적 피구' 이야기에서는 그 대사 후에 어떻게 되나요?"

"그 젊은 친구의 재치로 피구 일행은 멋들어지게 도망치는 데 성공하지. 스릴 만점의 좋은 회차였어."

'다들 낮춰 보던 실수투성이의 젊은이'가 이 전화 상대라고 한다면 분명 피구 본인으로부터 그런 말을 듣고 힘이 날 듯한 느낌도 들었다.

하지만 대화 말고 다른 소리가 전혀 들리지 않았다. 이런 걸로 젊은 친구의 정체를 알 수 있을 리가 없다며 유리는 걱정스러운 듯 컴퓨터를 향한 사쿠라기 씨의 숱이 적은 뒤통수를 응시했다.

사쿠라기 씨는 컴퓨터를 타닥타닥타닥 조작하면서 "젊은 친구들이 직접 찍은 동영상을 SNS에 올리거나 음성으로 라이브도 하는데 배경에 비치는 것에는 신경을 써도 소리에는 의외로 무관심하지요. 전에 아이돌 눈동자에 찍힌 건물 그림자로 주소를 특정한 스토커가 있었는데 비슷한 일은 소리로도 가능해요. 소리는 여러 정보를 가지고 있어요. 예를 들어 소방차 사이렌 소리가 들어가면 그 시간의 화재정보로 장소를 꽤 좁힐 수 있어요. 차 소리로 차도에서의 위치도 알 수 있고 빗소리 등도 위치를 좁히는 중요한 단서가 돼요."라고 온화한 목소리로 느닷없이 무서운 소리를 했다. 유리는 이제 SNS에 아오의 동영상을 올리는 건 반드시 관두자고 생각했다.

잠시 작업에 집중한 후 "다 됐어요."라고 말하더니 사쿠라기 씨는 스피커에서 소리를 재생했다.

첫 번째는 전철이 덜컹거리는 소리였다. 어떻게 조금 전의 음성 데이터에서 전철 소리만 뽑아냈는지 무척이나 깨끗하게 들렸다.

두 번째는 차 소리였다.

세 번째는 무언가의 전자음이었다. 어딘가에서 들은 적이 있다. 편의점이었던가? 가게로 들어갈 때 들린 듯한 소리다.

소리 자체는 개별적으로 뽑아냈다고 하지만 이것만으로는 뭐가 뭔지 알 수 없었다.

"역시 사쿠라기 씨라도 이 소리만으로는 노선까지 알 수 없겠죠……?"

"아뇨? 거의 좁혔습니다."라고 선뜻 말해서 놀랐다.

"사쿠라기 씨는 소리 마니아, 그리고 철도 오타쿠라서 전철 소리 마니아이기도 하니까."라고 겐 씨가 옆에서 말했다. 세상에는 여러 취미와 취향이 있는 법이라고 생각했다.

"역은 비교적 알기 쉬워요. 고가 철도인지 아닌지도 거의 알 수 있고요."

"어떻게요?"

"고가 철도라면 건널목 소리가 안 나요."

"그렇군."

"덜컹덜컹 하는 주행음으로도 몇 칸인지 알 수 있고요. 화물열차인지 아닌지도 알 수 있어요. 나머지는 모터 소리죠. 공기 압축기 소리라든가요. 전철도 사람 얼굴만큼이나 저마다 다른 법이죠."

지금까지 전철은 하나같이 똑같다고 생각해서 신경 쓴 적이 없었다. 소리도 덜컹거리기만 하지 딱히 차이가 없다고 생각했지만 그렇게 다를 줄이야. 좋아하는 일은 능숙해지기 마련이라고 하는데, 좋아하는 사람에게는 전철 소리도 저마다 전혀 다른 것으로 들리는 모양이다.

그로부터 사쿠라기 씨는 꺾은선그래프 같은, 본 적도 없는 가로로 긴 시간표를 꺼내서 책상에 펼쳤다. 유리는 전철 시간표를 검색할 때는 오로지 스마트폰을 사용해서 종이 시간표와는 전혀 인연이 없었기에 뚫어져라 쳐다보았다.

"저기 이거…… 시간표죠? 제가 본 적 있는 건 숫자가 가득 적힌 타입이었는데 이런 느낌의 꺾은선그래프 같은 것도 있군요."

사쿠라기 씨는 손가락으로 표를 더듬어가면서 "이 가로선이 각 역을 표기하고 있고 세로 선은 시간이에요. 이 비스듬한 선이 전철을 표시하고 있고요. 가로선과 비스듬한 선이 교차했을 때 그 전철이 그곳에 있다는 거고요."

그렇다는 말은.

사쿠라기 씨는 한 세로선을 가리키고 아래로 쭉 내려갔다.

"10시, 소리를 듣고 알아낸 전철이 통과한 건 이 역이 됩니다."

사쿠라기 씨는 힘차게 한 점을 가리켰다.

유리가 검색해보니 이곳에서 20분 정도 떨어진 역으로 플랫폼은 한 곳밖에 없었다. 시부야나 신주쿠 등 큰 역이 아닌 게 다행이었다. 플랫폼이 여러 개가 되는 역이라면 일찌감치 포기해야만 할 테다. 서 있었던 곳이 플랫폼의 중앙에 가깝고 역 바깥에 편의점이 있는 것도, 가게에 들어갈 때 나는 소리가 그 계열의 편의점에서 나는 소리라는 것도 확인할 수 있었다.

유리는 류타로 씨에게 "그 사람을 무사히 발견하면 어떻게 하실 건가요? 류타로 씨는 어떻게 하고 싶으세요?"라고 물어봤다.

류타로 씨는 잠시 발 언저리를 응시하면서 생각에 잠겨 있었다.

문득 바람에 실려 멀리 있는 학교의 종소리가 들렸다.

그 소리가 끝나도 류타로 씨는 잠시 아무 말도 하지 않았다.

"……실은 예전에 친했던 후배가 일 때문에 끙끙 앓다가 죽어버린 적이 있어요. 마지막에 말을 걸었던 사람이 나였고요."

누구도 아무 말도 할 수 없었다.

"그때 마지막으로 해준 말이 만약 조금 달랐더라면 그 친구가 지금도 씩씩하게 일을 하고 있지 않을까 싶네요."

정신 상태가 위태로운 사람은 아주 작은 이유로도 어둠에 빠져드는 경우도 있을 테다. 그 일을 류타로 씨는 내내 후회하고 있을지도 모른다. 류타로 씨가 '위로천사'가 된 계기를 알 듯한 느낌이 들었다.

"내 바람은 그 사람의 안전을 확인하는 것뿐이에요. 무사하다면 그걸로 됐어요. 원래는 직접 가서 내 눈으로 안전을 확실히 확인하고 싶지만 역시 실내가 아니면 잡음이 섞여서 상대가 의심할지도 모르니까요……."

"내가 가볼게."라고 갑자기 겐 씨가 말하자 류타로 씨는 놀란 듯했다.

"아니에요, 겐 씨. 그럴 필요는 없어요. 그날 의뢰인이 실제로 그 역에 올지 안 올지도 모르고요. 헛걸음을 할지도 몰라요."

"한가해서라는 걸 꼭 이야기해야겠어?"라고 겐 씨가 말하자 사쿠라기 씨도 웃었다.

"더구나 천하의 류타로 씨의 목소리가 그 청년을 걱정하느라 나빠지면 이야기 모임을 즐기는 손님한테도 민폐라고."

류타로 씨는 미소를 지었다.

"감사합니다. 이 빚은 꼭 갚도록 할게요."

유리는 손가락을 꼽아서 날수를 세었다.

"그럼 앞으로 사흘이에요. 이 사흘 동안에 플랫폼에 있을 그 청년을 찾는 거예요. 그 사람이 괜찮은지 확인해야 하고요. 그 사람이 괴로워 보이면 어떻게 하나요?"

류타로 씨가 생각에 잠겼다.

"만약 당장에라도 전철에 뛰어들 것 같으면 위험하지 않도록 그 사람에게 말을 걸어서 멈추게 해야죠. 한마디 건네기만 해도 나쁜 생각을 멈추는 계기가 될 거예요. 그런데 걱정이 돼서 지켜보고 있었다든가 목소리가 떨려서 전부터 신경 쓰고 있었다는 건 말하지 않는 편이 나을 것 같아요. 설령 비상시라고 해도 개인적인 걱정으로 상대를 특정해 마음대로 역으로 찾아가 말을 거는 건 있어서는 안 될 일이라고 생각하고요. 비밀 엄수 의무가 있는 건 아니지만 이 '위로천사'는 상대방과 저의 소중한 약속이라고 생각하니까요……."

류타로 씨가 하는 말이 지당하다고 생각했다. 통화하는 상대가 당장에라도 전철에 뛰어들려고 하지 않는 한 지켜봐야 한다. 말을 절대로 먼저 걸지 않도록 한다. 만약 말을 건다고 해도 지나가는 사람으로 위장해서 상담소 멤버라는 사실은 밝히지 않는 것이다. 이 방향성으로 가자고 이야기가 마무리되었다.

역에서 잠복해서 감시하는 건 '해결사 겐 씨'와 '소리 마니아 사쿠라기 씨' 두 사람이었다.

"이럴 때는 여자도 있는 편이 좋지 않을까요?"라고 소노 씨가 말했다. 유리는 자신도 가보고 싶었다. 상대가 어떤 사람일지 신경이 쓰였기 때문이다. 하지만 소노 씨에게 너무 의지하기만 해서는 안 된다고 생각해서 거절하려고 했다.

"그런데 소노 씨한테 아오를 봐달라고 하는 것도 죄송해서요."

소노 씨가 웃었다.

"다들 일선에서 물러나면 자신의 무언가가 타인에게 도움이 됐으면 좋겠다며 근질근질해해요. 이것도 남을 돕는 일이니 나도 기쁜 마음으로 봐줄게요."

소노 씨의 말에 힘입어 아오를 맡기고 내일 10시 전에 역에서 집합하기로 했다.

—다들 일선에서 물러나면 자신의 무언가가 타인에게 도움이 됐으면 좋겠다며 근질근질해해요.—

집으로 돌아와서 소노 씨의 말을 떠올렸다. 돈은 돈대로 물론 중요하겠지만, 그것만으로 사람은 살아갈 수 없을지도 모른다고 생각했다. 유리 자신도 아이를 낳느라 일을 관두었다. 집에 아오와 둘이서 틀어박혀 있기 일쑤인 지금 아무 직함도 소속도 없이 그저 엄마로서 하루하루를 보내고 있다. 출산으로 일을 관두는 것과 정년은 또 다르겠지만 어디에도 소속되어 있지 않는 이도 저도 아닌 기분은 아마 비슷하지 않을까.

한가로움은 인간을 좀먹게 한다. 먼젓번에도 사이좋게 지내는 사촌언니가 상담을 해왔다. 갑작스럽지만 집에 오고 싶다고 했다. 때마침 남편은 장기 출장 중이었고 사촌언니가 백화점 지하에서 맛있는 반찬과 간식을 많이 사왔기에 다행이었다.

이거 좀 봐줄래? 하고 언니가 스마트폰을 보여주었다. 그건 어린 아이돌의 SNS였다.

다나카 고로: 리오! 안녕♡ 어제 토크 열심히 하더라♡ 고로의 마음이 두근거렸어! 나 뭐래니. 토크 비결은 다양한 이야깃거리지! 리오의 마음에 늘 고로가 함께하고 있어!♡♡♡

"윽, 불쾌해." 하는 말이 그만 나오고 말았다. 다나카 고로는 엄격한 큰아빠다. 큰아빠는 SNS에서도 당당하게 실명으로 활동한다. 하지만 사촌이라고 해도 그 딸을 앞에 두고 "윽, 불쾌해."라는 말은 좀 그런 것 같아서 생각을 바로 고치고는 "미안해, 나도 모르게 그만……." 하고 사과했다. 하지만 사촌언니는 "딸인 나도 죽고 싶을 만큼 불쾌하니까 정말 괜찮아."라며 어두운 얼굴로 한숨을 쉬었다.

큰아빠는 원래 진지한 사람으로 조용하고 평소에 농담 한 번 하지 않는다. 예전에는 대규모 건설회사에서 설계를 담당했고 친척 중에는 야무진 사람이라며 인망이 두터웠다. 제사 준비도 완벽했다. 지금까지 문제 하나 일으키지 않고 정년까지 일하고, 집도 짓고, 자식도 둘이나 길러낸 성실한 사람이 정년 후에는 '리오!! 고로는 말이지 코~잘 때도 두근거려~ 이게 사랑♡이려나? 나 뭐래니?'였다. 평소부터 농담을 잘하던 큰아빠라면 그나마 괜찮았을 것 같다. 반듯한 사람이라서 그런지 불쾌함이 100배인 것 같다.

"설마 이 리오라는 애한테 매일 이런 걸 보내는 건 아니지?"

"보니까 하루에 50통 정도 보내서 결국 아이돌이 이제 SNS를 하는 게 힘들어서 관두겠다고 계정을 지웠어……. 나도 너무 심하다고 주의를 줬는데 아빠는 순수한 마음으로 젊은 친구를 응원하는데 뭐가 나쁘냐며 화를 내더라고."

큰아빠는 일만 하던 사람이었기 때문인지 일 말고 다른 몰두할 수 있는 무언가가 없었을 것으로 보인다. 정년퇴직 후에 제2의 인생으로 겨우 찾아낸 게 이 리오라는 아이인 건가……. 인생에 이런 함정이 있을 줄이야.

하루에 50통 정도 메시지를 보내는 열정을 뭔가 세상을 위해서 살리는 편이 좋을 텐데 싶었다. 유리의 아빠는 아직 정년퇴직 전이었지만 본가에 전화해서 "저기, 아빠 취미 있어? 괜찮아? SNS에 빠지진 않았지?"라고 물었을 정도다.

그렇게 큰아빠 일도 있어서인지 "한가해서라는 걸 꼭 이야기해야겠어?"라며 타인을 도우는 데 열정적인 상담소 사람들을 보고 근사하다고 생각했다.

자신도 나중에 아오와 비슷한 정도로 나이차가 나는 아이돌에게 '오늘은 토크쇼 비결을 알려줄게!♡♡♡'라는 메시지를 보내고 있을지도 모른다. 누군가에게 도움이 되고 싶다, 누군가가 나를 알아봐줬으면 좋겠다는 내면의 바람이 하루에 50통 정도가 되는 메시지가 될지, 다른 형태가 될지는 그 사람 하기 나름이다.

아오는 아기 침대에서 얌전하게 쌔근쌔근 자고 있었다.

아오가 아직 아기라서 그런지 자신이 60대나 70대가 된 모습은 아직 잘 상상이 되지 않는다. 하지만 상담소 사람들처럼 자신도 무언가 할 수 있다면 좋겠다고 생각했다.

다음 날 아침.

어쩜 이럴 수가. 임신 전에 입은 정장이 들어가지 않았다. 일부러 무리해서 숨을 들이쉬고서 지퍼를 닫았다. 배가 빵빵했지만 이걸로 됐겠지. 평소처럼 길이가 어중간한 앞머리는 핀으로 고정시켰다.

9시에 상담소에서 소노 씨에게 우유와 기저귀가 들어간 가방을 건네고 아오를 맡겼다. 울지 않을까 싶었지만 이미 소노 씨에게 완전히 익숙해져서인지 둘이서 놀기 시작해 마음을 푹 놓았다. 묘하게 기분이 고양되었다. 아오와 떨어져서 바깥을 돌아다니는 것도 오랜만이고 어떻게든 그 사람을 구하자는 비일상적인 느낌도 지금까지 없었던 일이었다.

얇은 트렌치코트를 입은 겐 씨와 커플 같은 복장의 사쿠라기 씨를 보았다. "커플이시네요."라고 말하자 "오늘은 잠복을 해야 하니까. '형사 콜롬보'를 보고 연구했지."라고 진지한 표정으로 사쿠라기 씨가 말했다.

셋이서 집에서 제일 가까운 역까지 이동해서 전철에 탔다. 목적지인 역까지는 금방이었다. 전철의 속도가 점점 줄어드는 가운데 창밖을 보고 있던 겐 씨가 플랫폼을 보고 "이거 안 되겠군."이라고 중얼거리는 것을 알 수 있었다. 겐 씨의 어깨 너머로 보이는 광경에서 뭐가 '이거 안 되겠는지' 바로 알았다. 10시라고는 하지만 플랫폼은 생각보다 붐비고 있었다. 아침의 지옥철 정도는 아니지만 사람이 나름대로 줄을 서 있었다.

우선 세 사람 다 플랫폼에 내렸다.

겐 씨가 "왜 이렇게 사람이 많아?" 하고 투덜거리면서 날카로운 시선으로 홈에 있는 승객을 응시했다. 우선 회의를 한 대로 셋이서 플랫폼에 흩어져서 그럼직한 인물을 찾기로 했다.

전날에 남자가 편의점이 있는 중앙 부근에서 전철을 기다렸다고 해도 오늘 또 같은 위치에서 전철을 기다리고 있다고는 단정 지을 수 없다. 같은 역인지 아닌지도 모른다.

젊은 남자.

10시 정각에 전화를 받는다.

어두운 표정.

지금으로선 알고 있는 게 이 세 가지다.

10시까지 앞으로 30초. 겐 씨가 신호를 줘서 흩어진 모두가 플랫폼에 있는 승객을 응시했다.

10, 9, 8…….

10시다.

유리는 자신이 담당하는 범위로 재빨리 시선을 굴렸다. 일부라고는 하지만 남자만 해도 스무 명 정도였다. 젊은 사람은 조금 좁혀져서 절반인 열 명이다. 교복을 입은 청년, 후드티를 입고 음악을 들으면서 살짝살짝 몸을 흔들고 있는 남자, 졸린 지 눈을 감고 있는 남자, 스마트폰으로 게임을 하는 남자, SNS를 체크하는 남자. 움직임은 없었다.

여기에는 없나?

시계를 보자 이미 10시 3분이었다. 전철이 멈추고 플랫폼에 사람들이 우르르 내려 줄지어선 사람들을 삼켜나갔다.

못 찾았다…….

다른 사람은 어떤가 싶었지만 겐 씨도 손가락으로 ×를 만들었고 사쿠라기 씨도 고개를 가로저었다.

사쿠라기 씨는 벤치에 앉아서 무릎 위에 컴퓨터를 펼치더니 큰 헤드셋을 꼈다.

겐 씨가 홈을 둘러보면서 말했다. "사쿠라기 씨, 그 친구가 혹시 오늘은 다른 역에 있는 게 아닐까?"

"일단 류타로 씨 전화에서 전송된 오늘 통화 녹음본을 들어보죠."라고 사쿠라기 씨가 잠시 헤드셋에 집중했다. 운행 노선도를 꺼내서 "운행예정표로도 이 역이 틀림없어요. 분명 소리가 일치해요."라고 말했다.

"그런데 전화기를 귀에 대고 있는 사람은 못 봤는데……." 라고 겐 씨가 고개를 갸웃거렸다.

퍼뜩 생각이 났다.

"아! 맞아요. 이어폰으로 전화를 받을 수 있어요. 핸즈프리라고 해서요."라며 유리가 손바닥에 무선 이어폰을 꺼냈다. "그러니 전화를 받았는지 안 받았는지 보는 것만으로 판단하는 건 엄청 어려울지도 몰라요."

무선 이어폰이라면 자세를 바꾸지 않고 통화할 수 있다. 마스크도 끼고 있었다면 더더욱 통화하는지 어떤지 판단이 어려워질 테다.

"이거 어려운 문제인걸……."이라며 겐 씨가 하늘을 올려다보았다.

그날은 우선 이대로 돌아가기로 했다. 남은 건 이틀뿐이다.

다음 날, 소노 씨에게 아오를 맡기려고 했더니 때마침 크게 울고 있는 아이와 상담소 방에서 시간이 겹쳤다. 그 엄마는 얼마 전의 자신처럼 해쓱하고 눈 아래가 거무칙칙했다. 힘내요, 조금이라도 잘 수 있도록……이라고 생각해서 소노 씨를 그 엄마에게 양보하고 아오를 안은 채 역 플랫폼으로 서둘렀다. 잠시라면 아오도 울지 않고 얌전하게 있을 거라고 기대하고서.

10시까지 앞으로 30초가 남았다. 겐 씨가 신호를 보내서 흩어진 모두가 플랫폼에 있는 승객을 저마다 응시했다. 과연 오늘에야말로 찾아낼 수 있을까.

10, 9, 8…….

그 타이밍에 아기띠 안의 아오가 크게 숨을 들이쉬는 소리가 들렸다.

잠시만 기다려줘, 지금은 안 돼, 제발 참아줘, 라고 생각했지만 우는 아이에게는 그 누구도 이길 수 없다. 흑, 흑, 흑 하고 크게 숨을 들이쉬고 또 다시 들이쉬고, 그리고 숨을 한껏 내쉬며.

응애!! 하고 메아리치는 듯한 소리로 울기 시작했다. 역시 소리 마니아도 홀딱 반할 정도의 엄청난 목소리였다. 이거 안 되겠다 싶어서 다급히 플랫폼을 가로질렀다. 여러 사람이 무슨 일이지? 하고 돌아보았다. 이제 수사할 상황이 아니었다.

그늘에서 아오가 좋아하는 딸랑이로 달랬고 마침내 아오가 얌전해졌다.

미안한 마음에 겐 씨가 있는 곳으로 돌아가자 역시 남자를 발견하지 못했다고 한다.

"그런데 이거, 오늘 통화한 데이터를 들어보세요."

헤드셋을 사쿠라기 씨에게 건네받아 들어보자 익숙한 큰 소리로 우는 아오의 목소리가 들렸다. 역시 남자는 플랫폼에 있었던 것이다.

"아오, 네가 큰 공을 세웠어."라고 사쿠라기 씨가 아오에게 말했다. "한 번 더 되감을 테니 들어보세요. 소리의 울림이 어떤 시점에서 바뀐다는 걸 알 수 있어요."

확실히 도중에 우는 소리가 바뀌어서 들렸다.

"그 사람은 확실히 플랫폼에 있었고 아오가 우는 소리에 돌아봤어요. 아마 유리 씨는 그 남자의 얼굴을 봤을 거예요."

가려진 곳으로 가기 전의 일을 필사적으로 떠올렸다. 이쪽을 돌아본 젊은 남자…… 하얀 정장을 입고 있고…… 검은테 안경을 쓰고 있고…… 키가 별로 크지 않은…….

기억 속에서 형상을 이룬 얼굴이 있었다. 유리는 아오의 등을 문지르던 손을 멈췄다.

"유리 씨, 짐작이 가는가 보네. 어쨌거나 내일이 마지막 날이야. 잘 찾아낼 수 있겠어?"

"해볼게요…… 아니, 할게요."

겐 씨의 말에 유리의 심장이 두근두근 소리를 냈다.

그리고 당일.

머릿속에서 몇 번이나 남자의 키와 몸집과 얼굴을 떠올렸다. 어제는 그다지 푹 자지 못했다. 오늘은 아오를 맡길 수 있어서 홀가분했다.

그 남자는 아오가 우는 소리에 '시끄러워' 하는 얼굴이 아니라 '어라? 무슨 일이지?' 하는 듯한 표정을 지어 보였다. 노골적으로 '시끄러워. 조용히 시켜'라며 지긋지긋하다는 시선을 많이 받는 와중에도 그렇지 않았다는 사실에 구원받은 기분이 들었다. 분명 그 사람도 괴롭기도 할 테고 피곤할지도 모른다. 타인에게 받는 위로가 필요할 정도의 심리 상태인데……라고 생각하자 어떻게 해서든 그 사람의 인생이 좋아지기를 바랐다.

오늘이 모닝콜 마지막 날이다. 오늘 찾아내서 괜찮다는 것만 알면 모두 안심할 수 있다.

남자의 특징을 머릿속에 철저히 주입시켰다. 유리는 플랫폼 여기저기를 돌아다니다 어떤 한 남자를 가리켰다. 가방을 멘 젊은 샐러리맨이었다. 분명 분위기에서 보건대 대학을 갓 졸업하고 취직한 신입이었다. 시야에 들어가지 않도록 비스듬히 뒤에서 다가갔다.

10시까지 앞으로 30초가 남았다. 겐 씨가 신호를 보내서 상담소의 모두가 플랫폼에 있는 그 승객을 응시했다.

10, 9, 8…… 3, 2, 1.

왔다.

핸즈프리로 젊은 남자가 통화를 하고 있다는 걸 알았다. 옆모습이 피곤해 보였고 고개를 숙이고 있어서 표정은 심각한 듯했지만 당장에라도 죽을 것 같을 정도는 아니었다.

마음을 조금 놓았다.

분명 일이 조금 잘 풀리지 않았다든가 기분 좋지 않은 일이 있었다든가, 그 정도일 테다. 사태는 류타로 씨가 상상했던 것보다 심각하지 않았던 것이다.

괜찮다. 이다음에 갑자기 전철에 뛰어들거나 그러지 않을 것이다.

유리는 사쿠라기 씨에게 네, 하고 눈짓을 했다. '이분 괜찮은 것 같아요' 하는 말을 눈으로 알리자 사쿠라기 씨도 안심한 듯 고개를 끄덕이고 숨기고 있던 카메라로 남자를 촬영했다. 나중에 류타로 씨에게 보고하기 위해서일 테다.

이제 상담소의 우리는 바람처럼 사라지기만 하면 된다. 당신의 행복을 뒤에서 기원하겠다, 젊은 친구, 다부지게 살아요, 라고 생각하자마자 유리는 겐 씨가 없다는 사실을 알아차렸다.

어라, 어디로 가셨지? 라고 생각하는데 전화를 받고 있는 남자 바로 옆에 딱 붙어 있는 쪼글쪼글한 트렌치코트 차림을 발견했다.

앗, 뭐지?

"어이, 자네."라고 겐 씨가 남자에게 말을 걸었다. 갑자기 모르는 사람이 말을 걸어와서 놀랐는지 남자가 흠칫 반응하는 것을 알았다.

겐 씨는 검정 가죽으로 된 수첩을 꺼내 "난 해바라기 마을 회관 만사 상담소의 야마기시 겐조라고 해."라며 말을 하기 시작했다.

말은 걸지 않겠다고 그만큼이나 처음부터 정해놓았는데!

"이제 관둬. 댁한텐 이 일이 안 맞아."

겐 씨가 남자의 어깨에 손을 가볍게 올렸다.

"아는 사람이 보면 다 알아." 남자는 힘이 빠진 듯 플랫폼에 무릎을 꿇었다.

분명 겐 씨가 갑자기 말을 걸어서 지금까지 간신히 유지하고 있던 긴장의 실이 끊어져버린 것이다.

"자네 인생의 주인공은 자네야. 자네가 정하면 돼."

남자가 고개를 들고 겐 씨의 얼굴을 뚫어지게 보았다. 그 입술은 새파랬다.

"겐 씨!" 다급히 유리가 달려가서 겐 씨의 팔을 잡고 "죄, 죄송합니다!"라며 남자에게 꾸벅꾸벅 고개를 숙였다. 뒤에서 꼼짝 못하게 하듯이 겐 씨를 질질 끌고 가면서 남자로부터 멀어졌다. "신경 쓰지 마세요!"라고 큰 소리로 말했다. 그런데도 남자는 여전히 정신을 차리지 못했는지 플랫폼에 무릎을 끓고 있었다.

“겐 씨! 약속했잖아요! 말 걸면 안 된다고요. 더구나 이제 일을 관두라는 둥, 자네가 어떻다는 둥 그런 소리를 갑자기 하다니 제정신이세요?!”

“아야, 아야야! 잡아당기지 마.”라고 겐 씨는 팔을 문지르더니 나 몰라라 하는 투였다.

그야 겐 씨가 살아온 고도경제 성장기에는 직장을 관둬도 얼마든지 일이 있었을지도 모르지만 지금은 알다시피 불황이다. 이직을 해도 일이 잘 풀릴 거라고 단정 지을 수 없으니 쉽게 권할 수 없다. 살아 온 시기가 다르니 현대의 고용 실태는 전혀 감이 오지 않을 테다.

그런데 겐 씨는 왜 그런 간섭을 했을까……? 유리는 겐 씨에게 진심으로 실망했다. ‘위로천사’인 류타로 씨도 말했다. 이건 ‘위로천사’와 고객과의 중요한 약속이라고. 그걸 상담소라고 들먹이며 일방적으로 “자네 일 관둬.”라고 말해버린 겐 씨의 난폭한 행동에 현기증이 날 듯했다. 나이가 아무리 어리다고 해도 처음 대면하는 사람이다. 더구나 상담소 고객에게 ‘댁’이라고 부르는 것도 터무니없다. 인간미가 넘치는 형사인 척하는 것도 적당히 해야 한다. 이렇게 되면 류타로 씨가 무단으로 의뢰인의 정보를 밝혔다는 것도 문제가 될 테고 무엇을 위해서 다들 여기서 며칠간 잠복했는지 알 수 없다. 과장된 행동에도 정도가 있다.

지금까지 협력해온 사쿠라기 씨도 겐 씨에게 "왜 말을 걸었어요?"라고 의아해하는 반응을 보였다. 그래, 왜 그랬을까.

어색한 분위기가 흐르는 가운데 "아니, 잠시 보다가 든 생각이야."라며 겐 씨는 머리를 긁적이며 전혀 미안해하지 않는 모습이었다.

그날은 아오를 데리고 바로 집으로 돌아갔지만 그로부터 한동안 마을회관에는 발길이 떨어지지 않았다. 겐 씨가 자신만 생각하는 것도 싫었고 아무리 연장자라고 해도 '자네'라든가 '일 관둬'라고 조잡하게 남의 인생에 따지고 드는 사람과는 얽히고 싶지 않았다.

그런데 적어도 '위로천사'인 류타로 씨에게는 꼼꼼하게 일의 전말을 설명했는지 신경이 쓰였다. 지금쯤 '위로천사'가 정보를 누설했다는 이유로 나쁜 평판을 듣고 있을지도 모른다. 그렇게 되면 류타로 씨가 가엽다. 게시판을 보니 때마침 오늘 류타로 씨가 담당하는 그림책 이야기 모임이 있었다. 그것만큼은 반드시 확인하자며 마을회관으로 가보기로 했다.

상담소에는 이미 먼저 온 손님이 있는지 겐 씨와 무언가를 나지막하게 이야기 나누고 있었다. 낯선 목소리가 들렸다. 남자의 굵은 목소리였다.

……자ㅅ…….

문득 귀에 들어온 말이 신경 쓰였다.

자신? 자습? 자석? 아니, 이 발음이 아니다.

그 사람은 돌아갈 때 입구에서 겐 씨에게 친근하게 손을 들어 가볍게 인사를 하고 돌아갔다. 분명 학창시절에 럭비라든가 유도라든가 했을 법한 체격에 셔츠가 근육으로 팽팽한 남자였다. 겐 씨보다는 훨씬 젊었다. 40대 정도 될까.

상담소에 들어가자 "이야, 오랜만이군." 하고 겐 씨가 말을 걸었다.

"저기 조금 전에 회의실에서 '자' 뭐라고 들은 것 같은데요."

"자?" 겐 씨의 동공이 흔들렸다. "자습을 잘못 들은 게 아냐?"

"근데 그런 발음이 아니었어요. 조금 전의 그 사람 누군가요?"

하는 수 없군……이라며 겐 씨는 작게 투덜거리더니 "잠시 류타로 씨를 기다릴까. 류타로 씨도 전화 상대가 신경이 쓰였을 테니까. 오늘은 이야기 모임이 있으니 이제 슬슬 올 거야."라고 말했다.

류타로 씨는 오늘도 흰머리를 깔끔하게 올백해서 뒤로 넘기고 안경을 쓰고 있었다. "류타로 씨."라고 부르자 상담소 안으로 들어왔다. 그 전화 상대에 관해 진전이 있었다고 전했다. 류타로 씨는 안경을 벗어서 가슴 주머니에 넣고 심각한 얼굴로 의자에 앉았다.

"그 친구 신변에 혹시 무슨 일이 있나요……?"

뭔가 좋지 않은 일이 일어났다고 상상했는지 류타로 씨의 표정이 심각했다.

겐 씨는 고개를 한 번 끄덕이고 이야기를 하기 시작했다.

플랫폼에서 청년은 맥없이 힘이 빠졌었다. 창백한 얼굴을 하고 있었다. 잘못된 행동을 했다고 지금도 생각한다. 더 일찌감치 겐 씨를 끌어당겨서 청년으로부터 떼어놓았어야 했다.

비밀 이야기를 하는 것처럼 겐 씨가 가까이 오라고 손짓으로 나타냈다.

"그 녀석이 자수를 했어."

겐 씨가 목소리를 죽이고 말했다.

"어?"

머릿속에서 이야기가 제대로 연결되지 않았다.

그 가여운 남자가 자수?

"네에?" 너무나도 의외라서 큰 소리를 냈더니 아오가 아기띠 안에서 흠칫하고 몸을 떨었다. 울기 일보 직전인 것 같아 필사적으로 달랬다. 소노 씨가 "어디 보자보자." 하고 아오를 안아주었다.

"그 녀석은 방문판매를 위장하고 사기칠 사람에 대해 사전 조사를 하고 있었어."

"설마…… 그럴 리가요." 하고 류타로 씨도 할 말을 잃었다.

겐 씨의 이야기에 따르면 그 남자는 가족과 함께 살고 있어서 위장하기 위해 매일 같은 시간에 출근하는 척을 하고 있었다고 한다. 그 남자가 자수해서 범죄 조직 체포로 이어졌다고 한다.

"잠시만요. 그럼 겐 씨는 보기만 해도 그 남자가 범죄자라는 걸 알았던 건가요?"

"냄새가 났어."

"냄새요?"

"냄새라고 하면 표현이 좀 틀릴지도 모르지만 전체적인 분위기라는 게 있잖아? 그 녀석, 넥타이를 맨 방식도 좀 이상했고 양복인데 신발은 스니커즈였어. 양복 어깨도 사이즈가 안 맞아 늘어져 있었고. 즉 빌려 입은 거지. 주머니에서 얇은 장갑도 튀어나와 있었고 안경에는 도수가 안 들어가 있었어. 더구나 배낭을 메고 있었는데 내용물이 거의 안 들어가 있어서 납작했어. 그리고……." 겐 씨는 손가락으로 자신의 눈가를 톡톡 가리켰다.

"그 녀석의 눈이었어."

"눈이요?"

"눈동자가 계속 이리저리 흔들리고 있었어. 무언가를 두려워하는 것처럼. 회사원이라면 회사원의 냄새가 확실히 나. 그리고 무언가 일을 저지르려고 꾸미고 있는 인간한테는 꿍꿍이가 있는 인간만의 냄새가 확실히 나고. 그 냄새는 숨기려고 해도 지울 수 없어. 숨기려고 하면 할수록 위화감이 돼서 몸 여기저기에서 피어오르지. 잡히고 싶지 않다는 듯 주변을 엄청 신경 써. 그렇게 기척조차 숨길 수 없다는 건 범죄자로서는 아직 병아리 수준이라는 거지."

겐 씨는 플랫폼에서 본 남자의 모습이 떠올랐는지 아득한 시선을 했다.

"그리고 느닷없이 말을 걸었다고 그렇게 놀라는 녀석은 없을걸? 뒤가 켕기는 일이 없는 한 말이지."

"아뇨 아뇨, 겐 씨. 그래도 배낭을 좋아하고 조깅이 취미고…… 20킬로그램 다이어트에 성공해서 급속도로 살이 빠진 안절부절못하는 회사원일지도 모르잖아요. 우연히 잘 놀라는 사람일지도 모르고요."

"그 녀석이 한없이 범죄자에 가깝다고 내 경험상 알았지만 분명 증거까지 쥐고 있진 않았지. 그래서 만에 하나 틀려도 어느 쪽으로도 해석될 수 있도록 말을 걸었어."

—이제 관둬. 댁한텐 이 일이 안 맞아

—아는 사람이 보면 다 알아.

만약 회사원이라면.

—이제 (회사는) 관둬. (얼핏 보기에도 괴로운 것 같은) 댁한텐 이 일이 (버거워서) 안 맞아.

—아는 사람이 보면 (괴로워서 정신이 나갈 것 같은 거) 다 알아.

만약 범죄자라면

—이제 (범죄는) 관둬. 댁한텐 이 (뒷세계) 일이 안 맞아.

—아는 사람이 보면 (네가 범죄자라는 거 바로) 다 알아. (잡힐 거야.)

겐 씨에게 설명을 듣고 그렇구나, 하고 생각했다. 상대가 회사원이든 범죄자 그룹의 일원이든 확실히 의미가 통한다.

듣자 하니 그 남자는 학창시절의 상하관계를 지금도 질질 끌고 있는 모양이었다. 고수입, 간단한 방문판매라고 유혹받아 양아치 선배에게 가짜 세일즈맨 역할을 억지로 강요받았다고 한다. 집도 알고 있어서 도망치거나 거역하면 가족을 공격하겠다고 협박을 받았다.

겐 씨가 말을 건 바로 그날. 남자는 어느 할머니 집을 방문해야 했다고 한다. 손주의 학비로 자신은 사치 한 번 부리지 않고 필사적으로 200만 엔을 저축해온 독거노인의 집이었다.

"상대한테 들켰으니 오늘은 관두자."는 연락을 기다리고 있었지만 그게 아니라면 하면 정말로 자신은 여러 명의 동료와 함께 할머니의 통장을 회수해야 할 상황이었다. 현관 앞에서 차까지 내주고서 젊은 친구가 힘들겠네, 힘내게, 라고 위로해준 할머니의 통장을 말이다.

역에서 누군가 말을 걸어온 건 그때였다.

—이제 관둬. 댁한텐 이 일이 안 맞아.

—아는 사람이 보면 다 알아.

아마추어가 봐도 알 정도라면 경찰에 잡히는 것도 시간문제라고 생각했다.

자수하게 된 것은 그런 이유라고 한다.

"어라. 그럼 겐 씨, 플랫폼에서 그 사람에게 했던 마지막 말은 뭐였어요? 주인공이 어떻다는 둥 댁이 주인공…… 그게 그러니까……."

그러자 목소리가 들렸다.

"'자네 인생의 주인공은 자네야. 자네가 정하면 돼.'"

역시 류타로 씨의 마음을 울리는 저음. 겐 씨도 "피구 형님……."이라며 황홀해하고 있었다.

"이건 도적의 우두머리인 피구의 말이야. 도적이라고는 하지만 피구는 의적이고 절대 약한 사람한테서 금품을 빼앗지 않아. 백성을 괴롭히고 사리사욕을 채우는 악인의 돈만 노렸지! 그리고 가난한 사람들에게 나눠줬어."

드라마 팬인 남자에게는 그 피구의 말이 어떻게 울렸을까.

자신이 하려고 했던 일을 멈추게 하기에는 충분한 말이었을지도 모른다.

그렇다. 어떤 사람이든 인생의 주인공은 자신이다. 선배로부터 압박을 받았다고 해서 하고 싶지도 않은 말단 악당 A역을 하지 않아도 된다.

류타로 씨는 이야기 모임을 준비하려고 방을 나가려 하다가 입구에서 돌아보았다.

"겐 씨가 피구의 팬이라서 다행이에요. 감사합니다. 그의 몫까지 감사드리고 싶네요. 그가 간신히 단념해서 다행이에요."라며 진심으로 안도한 듯 말했다.

"—그럼 나의 파트너여."라고 나지막한 목소리로 피구의 대사로 보이는 것을 덧붙였다. 겐 씨는 역시 "으아…… 역시 피구 형님."이라며 몸을 비틀고 있었다.

유리는 조금 전부터 신경 쓰이는 게 있었다. 방에 와 있던 몸집이 다부진 남자에 대해서였다.

"그럼 조금 전에 방에 왔던 사람은 진짜 형사님이셨나요? 겐 씨의 후배라든가요?"

겐 씨는 "아니, 난 현역시절에 그 친구 아버지랑 관계가 깊었거든……. 비번이라서 찾아와줬어."라고 말했다. 그렇다면 조금 전의 남자는 부자 두 세대가 형사인가 하고 유리는 생각했다.

겐 씨의 온몸을 뚫어져라 응시했다.

의자에 앉아 있는 쭈글쭈글한 트렌치코트. 지쳐 보이는 등에 흰머리. 통칭은 '해결사 겐 씨'.

역시 전직 형사는 보통 사람보다 예리하구나. 이 사람, 정체를 알 수 없는 말만 읊는 단순한 할아버지가 아니었구나, 하고 유리는 겐 씨를 새삼 다시 보았다.

"소리 마니아인 사쿠라기 씨한테는 말씀하셨어요?"라고 묻자 "사쿠라기 씨한테는 이제 이야기해야지 여러모로 도움을 줬으니까."라고 말하고 겐 씨는 한숨을 훅 쉬었다.

"나한테는 플랫폼에 있던 그 녀석이 당장이라도 누군가가 말려줬으면 하는 것처럼 보였어. 뿌리부터 나쁜 녀석만 범죄를 일으키는 게 아냐. 뭐든 환경 탓으로 돌리는 건 바람직하지 않지만 범죄를 일으키지 않아도 되는, 범죄와 관련되지 않은 세계에서 살아갈 수 있다는 건 어떤 의미에서 참 행복한 일이지."

겐 씨는 그렇게 말하더니 소노 씨에게 안겨 있는 아오의 얼굴을 들여다보고 "아오, 아이고 예뻐라." 하고 얼러주었다.

그 젊은 친구에게도 이렇게 여러 사람에게 귀여움을 받는 아기 시절이 분명 있었다. 그 사람은 지금쯤 어떻게 지내고 있을까 유리는 생각했다. 마찬가지로 겐 씨 또한 그 가냘팠던 청년을 생각하고 있는 듯했다.

"미수라고는 하지만 범죄야. 나름대로 형이 나오겠지만 확실히 갱생해주면 좋겠군."

"그건 그렇고 겐 씨, 의외로 대단하시네요. 형사 코스프레를 하는 할아버지라고 조금 생각해서 죄송해요."

"형사 코스프레라니 뭐야……. 뭐, 무슨 일이든 전문가한테 맡겨야지."라며 겐 씨는 웃었다.

이제 곧 그림책 이야기 모임이 시작되는지 옆의 회의실에서 류타로 씨의 저음이 들렸다.

"아. 나도 오랜만에 류타로 씨의 낭독을 들어볼까."라며 겐 씨도 옆방을 신경 쓰고 있었다.

—여러분 안녕하세요. 해바라기 마을회관 그림책 이야기 모임입니다. 오늘은 〈삿갓보살〉입니다.

오늘 또한 상당히 근사한 목소리로 어딘지 모르게 하드보일드하게 삿갓 쓴 지장보살이 말했다.

"춥죠. 이 삿갓을…… 쓰세요."라며 눈 속에서 지장보살에게 삿갓을 씌워주는 할아버지에게 지장보살도 빰을 물들이고 보답하러 가겠구나 싶었다.

그렇다면 다음 이야기를 들으러 가야지. 겐 씨에 이어 아오를 안은 유리는 옆의 회의실로 향했다.

그 젊은 친구는 매일 류타로 씨의, 피구의 목소리로 된 위로를 들으면서 어떻게든 분발하려고 노력했겠구나 라는 생각이 들었다. 분명 옛날에 의적 피구의 활약에 두근거리면서 텔레비전을 보고 있었던 적도 있을 테다.

—자네 인생의 주인공은 자네야. 자네가 정하면 돼.

지금은 단상에 오른 류타로 씨가 주역이고 다른 사람들은 관객 A라든가 B밖에 되지 않을지도 모른다. 하지만 실은 모두가 자신의 인생의 주인공이다. 유리나 아오, 겐 씨도 그리고 그 청년도.

기껏 맡게 된 한 번뿐인 주인공이니 자신의 역할을 가볍게 여기면 아깝기 그지없다. 유리는 아오의 오동통하게 부풀어 오른 뺨을 어루만졌다.

제2화

초능력자 고토의 화려한 무대

훌륭하게도 할 일이 없다.

정확하게 말하자면 집안일은 산더미처럼 있지만 내키지 않는다. 이럴 때야말로 갈 곳이 있다.

오늘도 유리는 아오를 안고 마을회관으로 향했다. 마을회관에는 우리의 만사 상담소가 있다. 그뿐 아니라 아동회관도 도서관도 빵집도 공원도 한 곳에 있어서 무척이나 편리하다.

유리가 사는 해바라기 마을은 특히 육아하는 세대를 환영해서 아이들이 갈 만한 장소를 가능한 한 많이 만들려는 구조로 되어 있다. 그 덕분에 옛날에 아무것도 없다고 들었던 무렵이 거짓말처럼 지금은 살기 좋은 동네 랭킹 상위에 들어가 있다. 예전부터 살던 동네 사람들도 아이가 늘어서 활기가 생겼다며 기뻐하고 있는 듯했다.

아기인 아오와 같이 있으면 갈 수 있는 곳도 한정되어 있지만, 마을회관으로 향하면 도서관에서 그림책을 읽거나 아동회관에서 놀아주거나 공원을 산책하는 등 뭔가 할 수 있는 게 있어서 좋다. 안고 있던 아오는 나날이 커졌고 팔다리도 포동포동하다. 근처에 사는 사람과 마주치면 다들 놀란 듯이 "어머나, 많이 컸네요."라고 말한다.

이 장소에 익숙해졌다는 느낌이 드는 건 역시 마을회관 덕분이지, 라고 유리는 생각했다. 자신과 전혀 인연이 없는 땅에서 산다는 게 처음에는 거부감도 들었지만 마침내 마음이 이곳에서 차분함을 느끼게 되었다.

아오는 날씨가 좋아서인지 걸어갈 때 느껴지는 진동에 기분이 좋아서인지 아기띠 안에서 조용히 잠들어 있다.

건물 옆 공원에는 벤치에서 수다를 즐기는 사람들이 있다. 마주보듯 앉아서 바둑이나 장기를 응시하는 사람들이 있고 워킹에 열을 내는 사람들과 체조를 하는 사람들이 있는 등 한가로운 광경이 펼쳐지고 있었다. 잔디 위에서 이미 반팔을 입고 뒹구는 사람도 있었다.

마을회관 건물에 들어가 평소의 계단을 올라가는데 아이들의 즐거운 목소리가 울린다는 사실을 알아차렸다. 어라, 오늘은 평일인데 학교가 쉬나? 하고 순간 생각했지만 바로 마술교실을 떠올렸다. 게시판 포스터를 보고 알았지만 마을회관에서 개최되는 어린이용 마술 교실에는 두 가지 코스가 있다고 한다. 주말 코스와 학교를 가는 시간대의 평일 코스가 있다.

평일 코스는 어떤 이유로 학교에 가기 싫어 등교를 거부하는 어린이용인 모양이었다. 들어본 바에 따르면 어떤 어린이든 열중할 수 있는 게 필요하다는 걸 모토로 1년에 한 번은 대형 어린이 마술 공연도 개최된다. 공연에 나가서 자신감이 생기거나 밤낮이 바뀐 생활이 고쳐지거나 취미가 같은 친구가 생겨서 성격이 긍정적으로 바뀌어 꽤 평가가 좋다고 한다.

학교에 다니기 시작하면 주말 코스로 옮겨도 되고 그러지 않아도 된다. 무리한 압박 없이 판단은 모두 어린이의 자주성에 맡기고 있다고 한다.

목소리가 들리는 회의실을 힐끗 들여다보니 때마침 마술 시연이 시작되던 차였던 모양이다. 금으로 된 마술사 모자를 쓰고 금빛 실로 된 연미복, 굵은 금테 안경을 쓴 금으로 번쩍거리는 할아버지와 눈이 마주쳐서 "아이고, 손님이 오셨군요. 들어오세요."라고 방 안으로 불려 들어갔다. 유리는 초등학생들 속으로 들어가서 테이블에 쌓인 카드 더미를 보았다. 연미복의 반짝이는 빛이 반사되어 번쩍번쩍 빛나고 있었다.

이 금으로 빛나는 할아버지는 마술 교실의 선생님 초능력자 고토 씨다. 트레이드마크인 금으로 번쩍이는 의상과 눈가의 점은 옛날과 달라지지 않았다. 할아버지라고 해도 숙련된 모습으로 카드를 다룬다. 눈이 따라갈 수 없는 속도로 카드를 뒤섞어서 부채꼴 모양으로 만들거나 왼손에서 오른손으로 날려 보내기도 한다. 화려한 여러 기술에 와아⋯⋯ 하고 초등학생들이 압도되었다.

"오늘은 투시 마술을 보여줄게요."라고 특이한 말투로 말하고 고토 씨가 카드를 스윽 책상에 펼쳤다. 카드는 아주 일

반적인 것이었다. 속임수가 없다는 것을 보여주고서 다시 카드를 무더기로 모았다.

고토 씨가 카드를 섞으면서 "그럼 아기 엄마, 트럼프 중에서 좋아하는 카드를 하나 말해줘요."라고 유리에게 말을 걸었다.

"음…… 하트 퀸?"

"근사하군요. 아기 엄마는 센스가 있어요."

고토 씨가 이번에는 아이들을 둘러보았다.

"그럼 거기 있는 리키토, 좋아하는 숫자가 뭐니? 알려주렴. 이 초능력자 고토가 지금부터 리키토한테 마법의 파워를 보내줄 테니 머릿속에 떠오른 숫자를 알려주렴."

고토 씨는 아주 진지하게 마법 파워를 그 아이를 향해 보내는 손짓을 했다.

"자, 부탁이야, 파워를 받아주렴, 리키토."

그 아이는 긴장한 얼굴로 "저기. 그게 그러니까…… 8이요?"라고 말했다.

고토 씨가 카드를 책상에 스윽 펼쳤다. 카드가 부채꼴 모양으로 예쁘게 펼쳐졌지만 전부 뒷면이라서 무슨 카드인지 보기만 해서는 전혀 알 수 없었다.

"그럼, 리키토, 초능력자 고토의 투시 파워, 잘 받았니? 시험해보자. 1, 2……."

오른쪽에서 카드를 한 장씩 손가락으로 가리켜나갔다. 8까지 왔다.

"마법의 파워!"라고 말하면서 고토 씨가 그 카드를 앞으로 뒤집었다.

"하트 퀸이군요! 리키토에게 박수!"

와아, 하고 유리도 소리를 냈지만 보고 있던 초등학생도 "대단하다!"며 시끌벅적했다. 정말 마법인가 생각할 정도로 멋졌다. 카드 자체를 고른 건 갑자기 들어온 유리였고 남자아이가 숫자를 말한 건 그 뒤다. 카드를 표시를 하는 등 미리 무언가 조작하는 건 불가능할 테다. 대체 뭘 어떻게 한 걸까.

역시 초능력자 고토 씨다, 라고 생각했다. 유리는 옛날부터 초현실적 현상을 무척이나 좋아해서 초능력 관련 방송은 반드시 봤다. 〈마을회관에서 마술을 보여드립니다, 강사 초능력자 고토〉라는 포스터를 보고 유리는 맨 처음에 그리운 초능력자 고토 씨가 마을회관에서 마술을 선보이다니! 라며 꽤 놀랐다. 유리가 사는 해바라기 마을은 누구나 살기 좋도록 주민에게서 받는 요구나 아이디어를 널리 모집하고 있었다. 쓰레기 무단 투기와 까마귀를 막는 망을 개량해주었으면 한다는 사소한 것에서부터 취학 아동을 위해 순환 버스를 만들어 달라는 등의 큰일까지(전례가 없으니까) 흐지부지 흘려보내지 않고 "그거 해볼까요."라며 나서는 점에 있어서는 실행이 빨라서 대단하다고 생각했다. 이 초능력자 고토에 대한 마술 교실 제안도 아이디어 중 하나일 테다.

유리의 나이대라면 '초능력자 고토'라는 이름을 듣기만 해도 알지만 요즘 초등학생들은 아마 고토 씨가 마법의 파워라는 수수께끼의 초능력을 세일즈 포인트로 삼아 텔레비전에 자주 나왔다는 걸 전혀 모를 테다. 고토 씨는 마술사라고 이름을 대면서도 투시, 염력, 순간이동, 예지 등 진짜 초능력자가 아닐까 싶을 정도로 누구나 믿어버릴 만큼 훌륭한 기술로 무척이나 인기가 있었다. 예전 이야기지만 말이다.

유리가 마지막으로 고토 씨를 텔레비전에서 본 것은 초등학교 저학년일 무렵이었다. 그 무렵 초현실적 현상VS과학검증 방송이 많아서 고토 씨는 초현실적 현상 대표로 초능력을 전면적으로 부정하는 젊은 과학자와 승부를 겨루게 되었다. 그 젊은 과학자가 고토 씨의 속임수를 연달아 간파해서 폭로해나가는 것은 어린 마음에 충격이었다. 고토 씨는 졌다.

호들갑스럽지만 유리는 믿고 있던 세계 하나가 텔레비전 안에서 끝나는 것을 느꼈다.

지금 생각해보면 '검증'이라고 했지만 그 방송에도 버젓한 대본이 있었을 테고 어째서 고토 씨가 그런 방송에 나왔는지 알 수 없다. 그 무렵부터 고토 씨의 모습을 텔레비전에서 볼 수 없게 되었다.

그로부터 시간이 흘러 유리는 어른이 되었고 지금은 한 아이의 엄마가 되었다. 고토 씨는 완전히 할아버지가 되었지만, 그런데도 마술 실력이 조금도 녹슬지 않았던 건 역시 굉장했다. 이 마술 기술을 아이들에게 가르쳐줄 마음이 들었던 건 대단하다고 생각한다. 이렇게 다 같이 요란법석인 것을 보고 있으니 누가 학교에 가든지 가지 않든지 그런 건 큰 문제가 아닌 듯한 느낌이 들었다.

마술 시연이 끝나고 "그럼 여러분 또 다음 달에 봐요. 마술은 연습 또 연습이에요! 다들 힘내요!"라며 아이들을 보내주었다.

유리도 "감사합니다."라고 인사를 하고 나왔다. 아오가 아기띠 안에서 눈을 뜨고서 꿈틀거리기 시작해 화장실에서 기저귀를 갈아줘야겠다 싶었다. 새 기저귀로 바꿔주고 따스하고 묵직해진 기저귀를 말아서 쓰레기 봉지에 넣고 가방에 넣었다. 아오도 엉덩이가 산뜻해졌는지 다리를 버둥거리면서 기분 좋은 표정을 지었다.

'만사 상담소'에 얼굴을 내밀까 싶어서 조금 전에 마술을 본 방 앞을 지나가는데 무슨 소리가 들렸다. 그건 누군가가 우는 소리였다. 아직 아이가 있는 듯했다. 왠지 모르게 필사적인 목소리도 들렸다.

귀를 쫑긋 세우고 있으니 고토 씨 앞에서 소년이 "부탁이에요! 저한테도, 저한테도 투시 능력을 주세요!"라고 애원하고 있었다.

"이름이 리쿠였지? 오늘 새로 온 아이지? 난처하네. 그건 말이지, 투시라고 해도 실은 마술이야. 사실을 말하자면 속임

수도 있다고 해야 하나……."

리쿠라는 소년에게 말하면서도 고토 씨는 괴로운 듯했다. 고토 씨의 세일즈 포인트는 초능력과 구별이 가지 않는 마술이지만 그건 오랜 세월 쌓아온 재주나 마찬가지다. 어른이라면 어딘가로 속임수가 있다고 어렴풋이 이해하지만 어린아이라면 정말 신비한 힘이 있다고 믿어버리는 것도 당연하다.

트레이드마크인 금색 모자와 안경을 벗은 고토 씨는 한없이 난처한 표정 탓인지, 아니면 머리카락이 한 올도 없는 반질반질한 머리 탓인지 조금 전의 금으로 번쩍이던 모습보다 나이를 많이 먹은 것처럼 보였다.

"미안하구나……."라고 고토 씨가 고개를 숙이며 말하자 아이가 큰 소리를 내며 더더욱 울기 시작했다.

"부탁이에요! 도와주세요, 고토 선생님! 엄마가 죽어요! 저한테 반드시 투시 능력이 안 생기면 엄마가 죽어요!"

투시를 하지 못하면 엄마가 죽는다고?

농담도 그 무엇도 아니라 리쿠라는 소년은 진심으로 겁에 질려 있는 듯했다.

이건 심상치 않은 일이라고 생각해서 유리는 방 안으로 들어갔다. "저기…… 무슨 일이라도 있으신가요?"

그 아이에게 뭐라고 말해도 울음을 그치지 않아서 그렇다면 옆방으로 가야겠다는 생각에 유리는 울던 소년과 고토 씨를 데리고 "우선 옆방으로 가요. 이 마을회관에는 좋은 곳이 있어요. 얼른 옆방으로요…….”라면서 ‘만사 상담소’로 갔다.

“어라, 유리 씨랑 아오…….”라고 말을 걸던 겐 씨가 “무슨 일이야? 엉엉 우는 애도 있고 고토 씨까지 오시고.”라며 놀라워했다. 겐 씨의 말투로 보건대 아무래도 고토 씨와는 아는 사이인 듯했다.

“난처하게 됐네. 이 아이 집에 무슨 트러블이 있는가 봐.”

유리가 가지고 다니던 라무네 음료수를 건네자 그 달콤함에 잠시 차분해졌는지 리쿠는 흑흑 흐느끼면서도 눈물은 가라앉은 모양이었다.

“저기…… 겐 씨. 이 아이가 ‘투시능력이 없으면 엄마가 죽는다’면서 울더라고요.”

겐 씨의 눈이 침착하게 진지한 표정을 지었다. “죽는다는 그런 끔찍한 이야기를 하다니. 이 만사 상담소의 방범 카운슬러인 내가 이야기를 들어봐야겠군.”

소노 씨는 아오와 놀기로 하고 리쿠를 둘러싸고서 유리, 겐 씨, 고토 씨 셋이서 이야기를 듣게 되었다.

아직 불안해 보이는 리쿠에게 유리가 “이쪽에 계시는 겐 씨는 방범과 관련된 여러 가지 일을 잘 알고 계시고 경찰에 지인도 많아. 엄마를 해치려는 사람이 있어도 전부 바로 처리할 테니 안심하렴.”이라고 전했다.

엄마가 죽는다니, 어린아이가 할 말치고는 위험한 발언이다. 유리는 혹시 뉴스에도 자주 나오는 가정폭력이 아닌지 예상했다. 남편이 아내를 때리고 발로 차는 폭력을 휘두르는 참혹한 사건 말이다. 만약 그렇다면 이 사건을 경찰에 잘 연계할 필요가 있다. 그러기 위해서는 우선 이 아이의 마음을 열어야 한다고 유리는 생각했다.

당사자인 리쿠는 "경찰은 못 도와줘요."라고 말하고서 다시 눈물을 글썽였다.

겐 씨는 "못 도와줄 리가 있겠어? 일본 경찰은 우수하단다. 엄마에게 나쁜 짓을 하는 녀석은 바로 모두 잡혀갈 거야."라고 자신만만하게 말했지만 리쿠는 고개를 가로저었다.

"어떤 경찰이라도 눈에 안 보이는 건 못 막잖아요. 저주는 못 막아요. 잡아가는 건 불가능해요."라고 다시 언성을 높이며 울기 시작했다.

저주?

이 현대시대에 저주라니. 유리는 리쿠가 꺼낸 '저주'라는 말에 아랫배가 서늘해졌다.

소노 씨가 보다 못했는지 왼팔로 아오를 안은 채 웅크리고 앉았다. 유리가 아오를 받아들고 안자 소노 씨는 리쿠와 시선을 맞추고 오른손으로 리쿠의 등을 문질렀다.

"리쿠, 이렇게나 울고……. 집에 꽤 힘든 일이 있나보구나…… 괴롭지……?"

소노 씨가 말하자마자 리쿠는 소리를 더 높여 계속 울었다. 그사이에도 소노 씨는 리쿠의 등을 연달아 문질러주었다.

흐르던 눈물이 마침내 진정되었을 때 "리쿠. 이 만사 상담소에는 여러 상담원이 있어. 리쿠를 다 같이 도와줄 수 있을지도 몰라. 그러기 위해서 우리가 있는 거야."라고 다정하지만 단호하게 말했다.

리쿠가 "야소리 선생님이 하치교쿠 님에게 기도를 드리고 엄마의 신탁으로 죄를 선택했는데……."라고 말을 꺼냈지만 그 야소리 선생님부터 전혀 알 수 없었다.

"선생님?" 겐 씨가 말했다. "그 선생이라는 건 어떤 사람이지?"

"야소리라는 선생님이에요. 하치교쿠 님의 말을 인간의 말로 바꿔서 전하고 있어요. 하치교쿠 님의 힘으로 과거도 미래도 전부 알 수 있어요. 저주를 풀 수도 있는 정말 대단한 선생님이라고 엄마가 그랬어요. 정말 엄마의 옛날 일이라든가 저나 집안과 관련된 일이라든가 지금 곤란해하고 있는 상황까지 전부 딱 맞췄대요."

여전히 이야기를 잘 파악할 수 없다는 모습으로 겐 씨가 이어서 물었다.

"그 하치교쿠 님이라는 건 누구야?"

"어떤 한자를 쓰는지 알아?"라고 유리가 묻자 리쿠는 숫자와 한문으로 8과 구슬 옥자를 책상에 썼다.

"그랬구나, 그래서 八玉, 하치교쿠 님이라고 하는구나. 여덟 개의 구슬이라는 건가? 그건 신 같은 거라고 해야 하나?"

"신인지 어떤지는 몰라도 여덟 개의 신비한 구슬이 책상에 있고 그걸 하나 고르면 그 사람에 대한 걸 전부 알 수 있어요. 옛날 일이라든가 현재의 일이라든가 미래의 일이라든가 전부요. 인간의 죄가 그 구슬에 비친대요."

"점술 같은 건가……?" 유리가 말했지만 구체적인 것은 알 수 없는지 리쿠는 애매한 표정을 짓고서 잠자코 있었다.

고토 씨는 팔짱을 낀 채 다음 이야기를 기다리고 있었다.

리쿠는 엄지와 검지로 작은 고리를 만들었다. 탁구공보다는 작고 유리구슬보다는 컸다.

"구슬은 여덟 개 있는데 한 개만 선한 빛을 내는 구슬이고 나머지 일곱 개는 죄의 구슬이에요. 제가 학교에 가지 않으니 엄마가 걱정이 돼서 그 야소리 선생님한테 갔어요. 고르고 골라도 엄마한테 나온 건 죄의 구슬뿐이었어요. 조상의 저주, 죄와 부정이 나와 엄마가 떨쳐낼 수 없을 정도로 새까맣게 한가득히 씌어 있다고 했어요."

"잠시만. 구슬을 고른다는 건 상자 안에 손을 넣어서 고르는 건가?"

겐 씨, 크리스마스 파티도 아니고, 라고 생각했지만 유리는 가만히 있었다.

리쿠는 책상 위를 가리켰다.

"책상 위에 구슬 여덟 개가 있어요. 그래서 거기에 간 사람은 그중에서 하나를 골라요."

"구슬이 나란히 놓여 있어?"

여덟 개의 공이 책상에 가로로 한 줄로 나란히 있는 걸 상상했다.

리쿠가 고개를 끄덕였다.

"여덟 개의 모든 구슬이 주머니에 들어 있어요. 그곳에 간 사람은 하나를 골라서 열어요. 그러면 안에 검은 죄의 구슬 또는 투명한 빛이 나는 구슬이 들어 있어요. 죄의 구슬에는 그 사람이 저지른 지금까지의 죄가 전부 들어 있어요. 그래서 색이 까매요."

가만히 듣고 있던 고토 씨가 입을 열었다.

"리쿠, 그랬구나. 그 죄의 구슬은 어떤 거니? 소재, 그러니까 뭐로 되어 있었는지 알겠니? 돌이라든가 철이라든가."

"엄마가 골랐으니 몰라요……. 그래도 묵직했다고 했어요. 서늘해서 쇠 같기도 하다고 했고요."

"빛의 구슬은?"

"빛의 구슬은 선의 구슬이에요. 지금까지 모인 선이 들어 있어서 저주를 풀어주는 힘이 있대요. 그 구슬은 투명해서 번쩍번쩍 빛이 난대요. 그런데 엄마는 몇 번이나 골라도 죄의 구슬을 골랐어요. 그래서 이제 구제받을 수 없대요."

그리 말하고 리쿠는 기분이 침울해졌다.

"엄마는 한 번도 빛의 구슬을 고른 적 없으시니?"

"네……. 지금까지 지은 죄가 특별히 무거운 사람은 죄의 구슬밖에 고를 수 없대요. 이제 인간의 힘으로는 물리칠 수 없다고 선생님이 말했어요."

리쿠는 몸을 파르르 떨었다.

"다음에는 저도 야소리 선생님 댁에 가야 한다고 엄마가 말했어요. 그래서 전 여덟 개 중에서 꼭 빛의 구슬을 골라야 해요. 그런데 죄의 구슬이 아니라 빛의 구슬을 반드시 고를 수 있을까 생각하면 자신이 없어서요. 전 별로 착한 애가 아니에요, 지금도 그렇고요."

그래서 어떻게 해서든지 투시 능력을 얻고 싶다고 한 거구나 하고 유리는 리쿠의 아담한 몸집을 응시했다.

"그래도 행복해질 수 있다고 누군가 말해줘서 하치교쿠 님한테 자주 가고 계세요. 셀 수 없을 만큼 가서 집에 있는 돈도 많이 쓴 것 같아요. 아빠도 화를 내고서 이제 집에 오지도 않아요."

"하치교쿠 님이 있는 곳에 가서 점을 보고 저주를 푸는 건 한 번에 얼마 정도 드니?"라고 겐 씨가 손가락으로 돈 모양을 만들며 아무렇지도 않은 모습으로 물었다.

"아빠가 고함을 지르는 걸 들었는데 저기 그게…… 얼마였더라……. 20만 엔이었나?"

그 자리에 있던 모두가 놀라서 숨을 멈추었지만 어린 탓도 있어서인지 리쿠 자신은 금액이 비정상적이라는 사실을 알아차리지 못한 듯했다. 좌우지간 비쌌다.

"저주를 풀려면 이제 살풀이는 효과가 없어요. 제가 빛의 구슬을 꺼내면 빛의 힘으로 모든 죄가 씻겨나가서 저주가 풀릴지도 모르지만 만약 저까지 죄의 구슬을 꺼내면 엄마도 저도 죽어요." 리쿠는 고개를 숙였다.

"저주를 막으려면 신성한 물을 마셔야 하는데 그 물이 엄청 비싸대요. 친척 중 아무도 이제 돈을 안 빌려줘요. 그 물은 집값이랑 가격이 비슷하다고 했어요. 엄마는 이제 편해지고 싶대요. 할머니가 있는 천국으로 리쿠도 같이 가주겠냐는 말을 이번에 들었어요. 저 무서워요. 어떻게 하면 좋을지 모르겠어요."

회의실이 고요해졌다.

"그렇구나. 알겠어. 리쿠의 엄마를 위해 뭔가 할 수 있을지 우리 모두가 생각해볼 테니 잠시 시간을 주겠니?"

겐 씨가 그리 말하고 리쿠의 이름과 연락처를 물었다. 미야마쓰 리쿠, 초등학교 4학년. 엄마는 미야마쓰 사키코. 그 하치교쿠 님이라는 사람의 주소도 지도로 확인했다.

겐 씨는 리쿠의 눈을 가만히 응시했다.

"반드시 도와줄게."

리쿠가 인사를 꾸벅하고 돌아갔다. 소년의 발소리가 완전히 사라지자마자 "너무하네."라고 겐 씨가 소리를 높였다. "악덕 점술가 녀석, 가만 안 둘 거야. 괴로워하는 엄마한테서 돈도 송두리째 뜯어가다니. 뭐가 신성한 물이란 말이야."

'하치교쿠 님' '점술' '영감'이라는 키워드로 이미 스마트폰 검색을 끝낸 유리는 결과를 모두에게 보여주었다.

"악덕 점술가로 확실히 나오네요. 나쁜 일이 일어난다고 해서 물을 강매시킨다든가 바가지를 씌운대요. 입소문도 최악이네요. 이번 건 이제 경찰에 신고하는 편이 낫지 않을까요? 이런 건 점술도 뭣도 아닌 사기예요, 사기."

소노 씨가 심각한 표정을 지었다.

"그게 말이죠. 이런 건 자주 있는 일이에요. 육아도 옛날처럼 부모 세대랑 같이 사는 사람이 적으니 잠시 아이를 보게 해달라고 할 곳도 없죠. 그래서 집에서 아이랑 단 둘이 끙끙대다가 이야기를 들어주는 곳에 의지하게 되는 거예요. 예를 들어 교육의 프로라든가 의지가 되는 이웃이라든가 확실히 신용할 수 있는 사람에게 상담할 수 있으면 다행이지만 리쿠네 엄마의 경우 우연히 간 곳이 운 나쁘게 악덕 점집이었네요."

조금 전의 입소문을 떠올렸다. 그렇게 나쁜 평판을 받으면서도 당당하게 장사를 하는 철면피도 대단하다. 분명 사람 수는 적어도 쥐어짜낼 수 있는 곳에서 돈을 다 쥐어짜내고 있는 걸 테다.

소노 씨는 한숨을 한 번 쉬더니 말을 이어나갔다.

"이 상황이 어려운 건 예를 들어 그 점술가가 체포된다고 해도 어머니의 내면에 한 번 싹튼 미래에 대한 불안은 사라지지 않는 거죠. 옆에서 보면 아무리 어리석어 보여도 어머니의 내면에서는 저주도 예언도 현실이에요. 저주가 이 세상에 정말로 있다면 그런 불안을 심는 것 자체가 저주 아닐까요?"

역시 소노 씨는 보육교사로 일해 온 50년 경력도 있으니 여러 엄마들을 봐왔을 테다. 개중에는 그런 점술이나 정신적인 무언가에 깊이 빠져든 엄마도 있었을지도 모른다.

"아직 아이가 어릴 때는 엄마끼리의 관계도 비교적 밀접하지만 초등학교에 들어가면 그렇게 부모끼리 오가는 일도 없어지죠. 육아나 가정에 대한 일로 혼자 고민하는 동안에 엄마는 깊은 수렁에 빠져드는 거죠……."라고 말하면서 소노 씨가 미간을 찡그렸다.

"수렁에서 빠져나오는 건 꽤 어려울지도 몰라요. 하지만 그렇게 어린애까지 끌어들여 조상의 저주라든가 죄라든가 엉터리 같은 말을 해서 아이한테도 죄책감을 짊어지게 하다니 용서할 수 없어요."

유리는 아오를 끌어안은 채 생각에 잠겨 있었다.

"겐 씨가 아는 현역 형사를 잔뜩 데리고 가서 이 녀석! 돈 물어내! 라고 꾸짖으면 해결되지 않을까요? 아니면 변호사라든가요."

유리의 말에도 겐 씨의 표정은 여전히 험악했다.

"어렵구먼……." 하고 겐 씨는 곰곰이 생각했다.

“그래도 증거도 있고 누가 어떻게 봐도 사기 냄새가 폴폴 나잖아요.”

“예를 들어 뭔가 강매당한 물건을 반품한다고 해서 소비자 핫라인, 변호사나 법무사한테 상담을 해도 말이야, 우선 부모도 아닌 우리가 미성년자인 리쿠를 대신해서 법에 호소하는 것 자체가 어려워. 더구나 하찮은 거라도 믿으면 귀하게 느껴진다고 하잖아. 구입한 성수를 성분 분석해서 단순한 수돗물이라고 엄마의 눈앞에 증명해 보여도 거기에 관측할 수 없는 성스러운 파워가 있다고 당사자인 엄마가 굳게 믿고 있으면 그건 엄마한테 있어서는 이미 집을 팔아서라도 가지고 싶은 진짜 성수야. 외부인인 우리가 저주는 이 세상에 없다고 설득해도 엄마를 일깨우게 하는 건 더 어려워.”

“어떻게든 점술이 사기라는 걸 폭로하면 엄마도 깨우치지 않을까요? 이런 건 다 속임수라고 말이죠!”

“사기꾼을 꼼짝 못하게 만들려면 꽤 수고가 들어. 그 녀석들도 그걸로 먹고 사니까. 프로 사기꾼이 그렇게 손쉽게 수법을 털어놓지 않을 거야. 더구나 눈앞에서 속임수를 폭로한다고 해도 그때는 엄마의 심리적인 면도 걱정이야. 사기꾼한테 속아서 있는 돈을 빼앗겨 가족이 뿔뿔이 흩어지게 된 원인이 다름 아닌 자신이라는 걸 알면 마음이 약한 사람인 경우 죄책감 때문에 발작해서 터무니없는 행동을 할지도 몰라. 조금 전의 리쿠도 말했잖아. 엄마는 ‘이제 편해지고 싶다’고 한다고.”

겐 씨는 걱정스러운 표정을 지었다.

리쿠의 아빠를 찾아내면 되지 않을까 생각했지만 아이를 두고서 집에도 돌아오지 않는 아빠라면 협력을 받기도 어려울 듯하다. 마음대로 경찰에 신고한다고 해도 외부인인 우리가 하는 말을 경찰은 얼마나 들어줄까. 어른이 도와 리쿠가 직접 신고를 하게 한다고 해도 엄마가 자신이 바라서 한 일이라고 주장하면 경찰도 그 이상 간섭을 할 수 없지 않을까. 경찰이 엮여서 아동상담소에도 신고하게 되면 모자가 뿔뿔이 흩어질 가능성도 있다.

말없이 가만히 있던 고토 씨가 갑자기 입을 열었다.

"방법이 한 가지 있긴 한데."

고요한 어조였지만 고토 씨의 눈은 분노로 이글거리는 것처럼 보이기도 했다.

"점술가와 엄마가 보고 있는 앞에서 리쿠가 구슬 여덟 개 중에 빛의 구슬을 골라낼 수 있으면 돼."

즉 투시.

확실히 구슬 여덟 개 중에서 당첨인 한 개만을 골라내는 것이다.

만약 점을 보는 곳이 이 회의실이라면 미리 몰래 카메라나 뭔가 특수한 장치를 설치할 수 있을지도 모른다. 하지만 구슬을 고르는 것은 점술가의 방이다. 완전 처음 가보는 곳이다. 어림짐작으로 고르면 확률은 8분의 1이다. 산전수전 다 겪은 사기꾼을 앞에 두고 구슬 여덟 개 중에서 빛의 구슬 하나를 골라내야 한다. 그런 아슬아슬한 곡예를 과연 해낼 수 있을까. 사기꾼 점술가 방에는 무언가 속임수가 설치되어 있을 테지만 그걸 그 자리에서 간파해낼 수 있을까.

"우선 리쿠네 엄마의 저주를 풀어야지. 법의 심판은 그때부터야."

겐 씨가 말하자 상담원들이 조용히 고개를 끄덕였다.

유리의 남편은 오늘도 출장 때문에 돌아오지 않는다. 승진한 건 기쁜 일이지만 이렇게 출장이 늘어날 줄은 몰랐다. 두 사람이 좋아하는 하늘색으로 인테리어를 통일한 방도 왠지 모르게 널찍해 보인다. 남편은 가로로도 세로로도 커서 방에 벌러덩 누워 있으면 '자리가 없잖아'라고 생각할 때도 있고, 옷을 살 때도 롱사이즈와 빅사이즈가 없는 곳에서는 살 수 없다. 하나하나 물을 흡수해서 묵직해진 세탁물을 너는 것도 왠지 힘들지만 그런데도 달력 날짜에 '애아빠가 돌아오는 날'까지 앞으로 몇 칸 남았는지 세고 만다.

유리는 집으로 돌아가 아오를 재우고 소파에 뒹굴거리고 나서도 리쿠의 불안해하는 얼굴과 눈물을 떠올렸다. 아직 어린 초등학생인데 산다는 둥 죽는다는 둥 저주라는 둥 그렇게 어른들에게 휘둘리는 모습을 보고 있는 게 괴롭다. '저 별로 착한 애가 아니에요'라니 어른이 아이에게 그런 말을 하게 해서는 안 된다.

분명 소노 씨가 말한 것처럼 리쿠네 엄마도 가정사를 상담할 수 있을 만큼 친한 사람이 주변에 없었을 테다. 그래서 이상한 점술에 빠지고 말았던 것이다.

고독은 인간을 잘못된 길로 빠져들게 한다. 그러고 보니 먼젓번에 웬일인지 메시지 앱으로 큰아빠에게서 연락이 왔다. 큰아빠한테서 직접 연락이 온 것은 지금까지 없었던 일이다.

큰아빠: 유리, 안녕. 컨디션은 어때? 아오는 건강하니? 최근에 건강을 챙기려고 체조를 시작했어. ☺ 유리도 괜찮다면 해보겠니? 전일체! 시작하고 나서 큰아빠도 매일 건강 발랄! 힘이 100배가 됐어!

그 후에 아이돌 소속사에 호되게 혼이 난 모양인 큰아빠는 마침내 아이돌에 대한 집착을 버린 모양이다. 하지만 글에는 아직 흔적이 조금 남아 있구나 하고 웃고 말았다. 건강에 신경을 쓰는 건 좋은 일이고 최근에 운동부족이니 큰아빠가 추천한 전일체 체조라는 걸 해볼까, 하고 메시지 아래의 삼각형 마크를 눌러 동영상을 켰다.

이 사람이 체조 선생님인 모양이다. 동영상 한가득히 부담스러운 미소를 짓는 낯선 아저씨의 얼굴이 찍혀 있었다. 이가 하얗다. 아무래도 체조는 초원 같은 곳에서 하는 듯했다. 이렇게 바깥에서 운동하는 것도 상쾌해서 기분이 좋을 것 같다고 생각했다.

"여러분 안녕하세요. 전라 일광욕 체조 심화 학습! 오늘은 전라 일광욕 체조 두 번째 수업 시간입니다. 전라로 빠짐없이 햇살을 쬐면 내면의 파워가 가득 차 몸에서 비타민D가 생성—"이라고 말하는 사이에도 카메라는 점점 뒤로 물러났다. 낯선 아저씨의 거친 가슴털이 수북한 차에 아무 말 없이 유리는 그 동영상을 껐다.

시계 소리가 집에 째깍째깍 울리고 있었다.

전라의 전, 일광욕의 일, 체조의 체라고 해서 전일체구나, 하는 사실을 뇌가 알아차리고 한시라도 빨리 이 기억을 지워버리고 싶다고 생각했다.

바로 사촌언니로부터 메시지앱으로 연락이 왔다.

'잘 지내고 있어? 혹시 우리 아빠가 뭔갈 보내도 그거 열어보지 마. 아무것도 안 보고 그냥 놔둬도 되니까 부탁이야.'

'저기……. 처음 부분만 봐버렸어…….'

'늦었구나. 정말 미안!'

바로 전화가 걸려왔다.

"아빠 때문에 정말 미안. 이상한 동영상 보냈지?"

"……응, 전라가 어떻다는 둥, 전라 일광욕이라는 둥……."

"아빠가 이번에는 이상한 건강 서클에 빠졌어. 집에서도 내내 전라로 햇볕을 쬐고 있고. 적당히 하고 옷 입으라고 해도 햇빛으로 몸의 파워를 활성화시킨다고 막 그러네. 감기에 걸려도 관두질 않아."

그 건강 서클 세미나가 또 고액이라고 한다. 경차를 살 수 있을 법한 가격에 현기증이 났다. 엄격했던 큰아빠. 성격도 성실했던 만큼 그 길로 접어들면 금욕적으로 기술 향상을 목표로 하는 모양이다.

"참고로 그 동영상을 계속 보고 있으면 '이 전라 일광욕 체조로 인생이 바뀌었다!'면서 아빠도 나와."

사촌언니가 어두운 목소리로 말했다. 전라로? 라고는 도저히 물을 수 없었다.

지금까지 문제 하나 일으키지 않고 정년까지 일하고서 집도 짓고 두 자녀도 길러낸 산전수전 다 겪은 큰아빠가 정년 후에는 '이 전라 일광욕 체조로 인생이 바뀌었습니다!'가 되었다. 평소부터 장난스러운 큰아빠라면 그나마 다행이다. 성실한 큰아빠이기에 안타까움도 100배다. 이웃에게 신고나 당하지 않으면 좋을 텐데…….

큰아빠한테는 취미나 일 말고는 빠져들 무언가가 없었을 테다. 정년 후의 제2의 인생에서 가까스로 발견한 것이 아이돌 다음에 이 전라 일광욕 체조구나……. 인생에 이런 함정이 있을 줄이야.

매일 착실하게 전라 일광욕 체조를 할 정도의 열량을 무언가 세상을 위해서 살리면 좋을 텐데 싶었다.

그런 일이 있어서일지도 모르지만 리쿠를 위해서라며 분노에 휩싸여 행동을 하기로 나선 상담소 사람들을 떠올리자 조금 근사하다고 생각했다.

나도 리쿠를 위해서 무언가 해 보이겠다고 유리는 투지를 불태웠다.

악덕 점술가 대 만사 상담소. 결전의 날은 바로 찾아왔다. 아오는 그날 소노 씨에게 맡겼다. 소노 씨는 일부러 집에서 가지고 왔다고 하는 부싯돌까지 파직파직거리며 액막이 주술을 부려주었다. 기분은 시대극에 나오는 습격 전 같았다.

일주일 전. 유리는 인생 모든 것에 고민하는 여자 역으로 '리쿠와 우연히 마을회관에서 알게 돼 좋은 점술가가 있다는 소리를 들었는데 다음번에 괜찮다면 같이 가도 될까요' 하고 전화로 리쿠네 엄마에게 부탁했다. 전화를 통해 들은 엄마의 목소리는 지극히 상식적인 엄마 느낌으로, 나약해서 특별히 휩쓸릴 듯한 느낌으로는 보이지 않았다.

"네, 그러세요."라고 흔쾌히 승낙해주었다. 점술을 권유하면 피라미드처럼 포인트가 쌓이거나 소개 숫자에 따라 회원 랭킹이 올라가는 시스템이라는 건 조사했다. 호구인 친구의 또 다른 호구가 될 법한 친구를 계속해서 사냥을 해나가는 시스템일 테다. 잘 맞는 점술이라고 들은 친구라서 처음부터 점술을 의심하는 마음이 적을 테니 실로 효율적이다.

유리는 수화기로 말을 이어나갔다. “저기, 저희 아빠와 큰아빠와 오빠도 각각 고민거리가 있어요……. 살풀이를 하고 싶은데 야소리 선생님한테 같이 가도 될까요?”

그 말을 듣고 사키코 씨는 처음에는 놀랐던 모양이지만 환영하는 분위기로 “네, 원하시는 대로 하세요.”라고 말했다. 신규 회원을 네 사람이나 데리고 가면 포인트도 올라갈 테다. 점술에는 이름 등의 필요사항도 있어서 그것도 가르쳐주었다.

그리하여 아빠 역 겐 씨. 큰아빠 역 고토 씨, 오빠 역……은 모르는 사람으로 서른 살 정도 되는 남성이 한 사람 오기로 했다. 실은 전날에 아오가 열이 나서 며칠 동안 간호를 하느라 유리는 회의에 거의 참가할 수 없었다. 아무래도 오빠 역인 사람이 이번에는 중요한 역할을 하는 모양이었다.

오늘, 만나기로 약속한 역에는 평소의 트렌치코트를 입지 않은 겐 씨가 있었고 옆에는 고토 씨도 있었다. 역시 금색으로 번쩍이지 않는 수수한 복장을 하고 있어서 단순히 피곤에 절은 할아버지로 보였다.

“저기 겐 씨, 오빠 역은 이분이……?”

그 사람은 30대 정도 되는 남성으로 까까머리였다. 구름을 응시하면서 멍하니 서 있었다. 가끔 몸을 살랑살랑 흔들었다.

“이쪽 오라버니는 아이카와 씨야. 마을회관에 빵집 있잖아.”

장애인 고용 일환으로 마을회관 빵집에는 장애가 있는 사람도 많이 고용되었다.

겐 씨는 "거기 에이스한테 와달라고 했어. 내 용돈으로 말이지. 만사 상담소의 강력한 도우미야."라고 말했다.

유리는 빵집의 에이스가 뭘까 생각하면서도 아이카와 씨에게 "오늘 잘 부탁드립니다."라고 인사를 했다. 그런데도 아이카와 씨는 구름을 응시한 채 아무 대답도 하지 않았다.

"아이카와 씨, 유리 씨가 '잘 부탁한다'고 하잖아."라고 겐 씨가 말하자 아이카와 씨는 "잘 부탁드립니다!"라고 큰 목소리로 하늘을 향해 외쳤다.

이 오빠 역의 사람이 혹시 투시 같은 능력을 발휘하는 걸까. 유리는 전화로 결정된 사항을 간단히 듣기만 하고 어떻게 구슬 여덟 개 중에서 하나를 골라낼지까지는 듣지 못했다. 빵집 에이스라고 하는 게 느낌이 여실히 오지 않았지만, 어쩌면 이 사람은 투시 능력의 소유자일지도 모른다고 생각해서 초자연 현상을 좋아하는 피가 들끓었다. 그러고 보니 외모도 비밀스러웠다.

점술가 본거지가 있다는 상가 빌딩 밑에서 리쿠와 엄마인 사키코 씨가 기다리고 있었다. 전화에서 받은 인상대로 검은 머리를 뒤로 하나로 묶고 있었고 화장기가 없었으며 지적인 사람으로 보였다. 점술에 너무 빠져서 생계도 가정도 모두 다 내팽개칠 만한 사람으로 도무지 보이지 않았다. 보통 사람이다. 이런 평범한 사람도 빠지게 하는 것이 사기꾼의 수법일 테다. 자신도 세뇌되지 않도록 해야겠다고 유리는 머릿속으로 생각을 다졌다.

겐 씨 일행은 아마 이 빵집 에이스인 아이카와 씨의 능력을 신뢰하고 있을 테다. 아이카와 씨가 뭔가 신호를 보낼까, 몇 번째인지를 가르쳐줄까…….

겐 씨는 "오늘 잘 부탁드립니다……."라고 사키코 씨를 향해 시선을 내리깔고 말하고서 상가 빌딩 4층을 올려다보았다. 유리도 그 시선을 쫓았다. 특별히 눈에 띄는 간판은 나와 있지 않았다. 예고 없이 찾아오는 손님은 노리지 않을 테다. 창문은 검은 패널로 막혀 있어 빛이 들어오지 않는 분위기였다.

4층까지 일부가 비쳐 보이는 낡은 엘리베이터에 올라탔다. 엘리베이터가 움직이기 시작했지만 어느 누구도 아무 말도 하지 않았다. 살짝살짝 몸을 흔들고 있는 사람은 아이카와 씨뿐으로 숨 막히는 공기를 통째로 실어갔다.

고요한 복도 안쪽에 철문이 있었다. 서양식 고성에서 고문을 하는 방에 있을 법한 느낌의 묵직한 철문이다. 열자마자 맡아본 적 없는 냄새가 났다. 연기처럼 달짝지근하면서도 선향과는 다른 기묘한 냄새였다.

작은 방은 빛이 통과하지 않는 천으로 덮여 있는 듯했고 바닥에도 새까만 천이 깔려 있었다. 뒤에서 문이 닫히자 이제 아무것도 보이지 않았다. 소리도 아무 것도 울리지 않는 가운데 사키코 씨가 "여기서 기다리세요. 야소리 선생님께서 말을 걸어오실 거예요."라고 말했다.

어둠 속에서 기묘하게 길게 느껴지는 침묵이 지나간 후였다.

"들어오세요."

나지막한 목소리가 울려 퍼졌다. 어디에서 들려오는지 알 수 없었다.

안쪽 문이 열렸다.

널찍한 공간이 펼쳐져 있어서 대단히 놀랐다. 상가 빌딩에 있는 한 공간일 텐데 무한한 암흑 공간이 펼쳐져 있는 것처럼 보였다.

그게 각도를 맞춘 거울이라고 알아차렸을 때, 어디선가 나타난 야소리의 모습이 거울에 반사되어 등 뒤에 여러 명이나 되는 도우미를 거느리고 있는 것처럼 보였다. 상반신만 공중에 떠 있는 것처럼 보여서 흠칫했지만 어둠에 뒤섞여 있는 듯한 새까만 책상에 시야가 가로막혀 있다는 걸 알 수 있었다.

야소리는 머리에 터번 같은 천을 두르고 눈 아래부터는 얇은 천을 덮고 있었다. 눈 색깔은 연한 금색이었다. 연령은 전혀 알 수 없었다. 나이 든 소녀처럼도 보였고 무리한 성형을 반복한 노파처럼도 보였다.

땡…… 하고 장엄한 종소리가 울렸고 반사된 음이 교회 안처럼 울려 퍼졌다. 사키코 씨는 살포시 무릎을 구부리고 손바닥 위를 하늘로 치켜올리는 듯한 독특한 기도 자세를 취했다.

책상에도 두꺼운 검은 천이 깔려 있었다.

"첫 번째 미아는 내 앞에, 그 외의 다른 사람들은 뒤로 물러나세요." 하고 야소리는 조용히 말했다.

맨 처음에는 빵집 에이스, 오빠 역의 아이카와 씨였다.

작전은 이 아이카와 씨에게 달려 있는 모양이었다. 아이카와 씨, 잘 부탁해요, 그런데 괜찮으려나…… 하고 뒤에서 유리는 걱정하고 있었다.

"하치교쿠 님은 세상을 나타내는 구슬입니다. 세상은 일곱 개의 죄와 하나의 선으로 구성되어 있습니다."

책상 위에 놓인 상자를 열자 과연 검은 구슬이 일곱 개, 투명한 구슬이 한 개 있었다. 한가운데의 투명한 구슬은 수정 또는 다른 무언가일까. 어딘가에서 광선을 받아 빛의 덩어리처럼 아름답게 반짝이고 있었다. 그와 달리 주변의 검은 구슬은 윤기 하나 나지 않았다.

야소리가 "이건 첫 번째 죄."라고 말하면서 전부 일곱 개인 죄의 구슬을 하나씩 주머니에 넣고 마지막 선의 구슬도 주머니에 담았다.

그 위에 상자를 덮고 뭔가 긴 주술 같은 것을 읊은 후에 바로 상자를 열었다.

책상 위에 구슬이 들어간 여덟 개의 주머니가 가로로 한 줄로 나란히 놓여 있었다. 그사이에도 아이카와 씨는 내내 몸을 비스듬히 흔들고 있었다.

"정신을 통일하고 고민거리를 머릿속으로 떠올리며 주머니 하나를 고르면 됩니다. 어루만지면 이번 생의 죄는 판결을 받고 이번 생의 선도 쌓일 겁니다."

아이카와 씨는 의자에 앉은 채 비스듬히 몸을 흔들고 있었다.

빵집 에이스 아이카와 씨의 투시 능력이 나올 차례인가!

그러자 아이카와 씨는 마구잡이로 왼손에 4개 오른손에 4개 양손으로 한 번에 전부 들었다. "1개예요……!"라고 작게 말을 해줄까 싶었지만 아이카와 씨는 그대로 아무 말 없이 주머니를 쥐고 있었다.

야소리는 놀랐는지 얼굴을 덮은 얇은 천이 흔들리는 것을 알 수 있었다.

"아, 죄송합니다……. 일하는 습관 때문에 그만."이라고 겐 씨가 대신 사과를 했고, 야소리가 "그럼 됐어요. 우선 오빠분은 뒤로 물러나 주세요."라고 아이카와 씨를 의자에서 나오게 했다.

"방식을 아는 사람이 먼저 하는 편이 좋을 것 같네요. 그럼 리쿠."

책상 위에는 8개의 작은 주머니가 있었다. 겉보기에는 모두 다 완벽하게 같아 보였다.

불안한 듯 이쪽을 보는 리쿠의 얼굴을 쳐다보고 유리는 생각했다.

—뭔가 이상한데.

아이카와 씨가 투시 능력으로 은근슬쩍 주머니 한 개에 표시를 하는 작전인가 생각했는데 한 번에 주머니를 다 들고 말았다. 그래서는 한 개에만 표시를 했다고는 생각하기 힘들었다.

리쿠는 명백하게 난처해하고 있었다. 사전에 오른쪽에서 몇 번째를 고르라든가 하는 신호는 특별히 아무것도 없었고 지금도 지시다운 지시는 전혀 없어서였다. 빛의 구슬을 고를 수 있느냐 없느냐로 엄마가 죽는다. 집도 잃을지 말지 하는 운명의 갈림길에 서 있다. 여기서 자신이 빛의 구슬을 고르지 않으면 한 가정이 무너질 수도 있다. 어리지만 인생을 좌우하는 선택이라는 걸 알고 있을 테다. 어두운 조명 안에서도 알 수 있을 정도로 리쿠는 아연실색하고 있었다.

힘내……라고 유리가 바랐지만 과연 당첨인 빛의 구슬을 고를 수 있을까.

리쿠의 손끝이 헤매고 있었다.

유리는 흠칫하고 알아차렸다. 혹시 조금 전에 아이카와 씨가 모든 주머니를 들었던 건 아무도 예측하지 못한 사고였을지도 모른다. 겐 씨나 고토 씨는 아직 구슬을 건드리지도 않았다. 뭔가 장치를 심어뒀다고도 생각하기 힘들다.

혹시 이거 외통수에 몰린 건가.

유리의 불안감도 흘러넘칠 듯했지만 리쿠의 긴장감도 꼭대기에 도달한 듯했다. 손끝이 이쪽에서 봐도 알 수 있을 만큼 떨리고 있었다.

야소리는 뚫어져라 그 모습을 내려다보고 있었다. 어쩌면 야소리의 시선을 더듬어 가면 어떤 구슬을 많이 봤는지로 빛의 구슬을 알 수 있을지도 모른다고 생각했지만 그 시선은 구슬에서 벗어나 있었다.

대체 빛의 구슬은 어떤 걸까…….

리쿠는 헤매면서 주머니 하나를 들었다.

"좋았어. 그 주머니를 이쪽으로 주렴." 하고 야소리가 말했을 때였다.

짝짝짝짝 하고 박수 소리가 요란하게 울려 퍼졌다.

쳐다보니 고토 씨가 환한 미소를 짓고 있었다.

"축하해, 리쿠! 축하해!" 하고 폴짝거리다시피 하며 크게 기뻐했다. 맑은 소리를 내는 휘파람까지 휘익 불거나 브라보라고 외치고 있었다. 리쿠는 당황스러운 일에 구슬을 든 채 굳어 있었다.

"잘했어, 리쿠! 축하해! 이걸로 엄마의 저주는 풀렸어! 역시 리쿠!"

고토 씨, 정신이 나간 건가? 무슨 소릴 하는 거지? 아직 주머니를 열지도 않았는데.

야소리도 몇 초 정지해 있었지만 역시 사기꾼의 담력 덕분인지 정신이 돌아온 듯 입을 열었다.

"조용히 하세요! 이곳은 기도를 드리는 장소예요. 빛의 구슬은 신성한 힘을 가진 사람만이 손에 넣을 수 있어요. 사악한 마음을 가진 자는 절대 고를 수 없습니다."

고토 씨도 지지 않았다. 한 발 앞으로 쓱 나와서 무대 위에서처럼 화려하게 인사를 했다.

"저는 리쿠의 마음을 투시했습니다. 무척이나 맑은 빛으로 이루어져 있었습니다."

흑흑, 하고 우는 시늉을 하는 고토 씨의 행동에는 부끄럼이 없었다. "이런 예쁜 마음을 가진 아이가 선택한 것이 빛의 구슬 말고 있을 수 없겠죠."라고 화려한 말솜씨로 터무니없는 소리를 하기 시작했다.

"잠자코 있어요! 나가세요!"

사기 대 마술, 흡사 괴수대전쟁 같아졌다…….

야소리는 "이 아이가 가지고 있는 구슬은 검정이겠죠."라고 단죄하듯이 선언했다. "네 죄는 사라지지 않아. 네 엄마의 죄도 사라지지 않고."

리쿠의 다리가 후들거리고 있는 게 이쪽에서도 알 수 있었다.

"아니죠. 무슨 소리를 하는 겁니까. 리쿠가 가지고 있는 건 빛의 구슬이에요."

고토 씨가 단언했다. 그리고 짝, 하고 손뼉을 쳤다.

"선생님은 검정 구슬이라고 했고, 난 빛의 구슬이라고 했어요. 그럼 선생님, 지금 한 가지 내기를 하자고 하면 어떻게 하실래요?"

"무슨 어리석은 소릴 하는 거죠? 여긴 신성한 장소란 말이에요!"

"그렇죠."라고 말하며 어깨를 으쓱하는 고토 씨가 "혼났네."라며 혀를 내밀고 이쪽을 보았다.

"그렇다면 이 아이가 가진 구슬 주머니를 열어 보겠습니다."라고 야소리가 말했다.

빙그르르 하고 고토 씨가 화려하게 그 자리를 턴해서 양팔을 크게 펼쳤다.

"이 구슬에 무슨 장치가 되어 있는 건 아니죠?"

"무슨 소릴 하는가! 무례하다!"

야소리는 격분하고 있는지 눈 아래부터 덮인 얇은 천이 격렬하게 흔들리고 있었다.

고토 씨는 손가락으로 딱 하고 좋은 소리를 냈다. 역시 겐 씨가 바닥에서 미끄러지듯이 무릎을 꿇고 가방을 치켜들었다.

고토 씨가 그 가방 안에서 무언가를 꺼냈다.

그건 지폐 다발이었다.

그것도 띠가 둘러진.

고토 씨는 캐치볼을 하는 사람처럼 오른손으로 그 지폐 다발을 던져 올렸다. 야소리의 눈이 그 지폐 다발을 쫓고 있는 걸 알았다.

"나는 태어난 곳이 라스베이거스, 자란 곳은 마카오인 천생 갬블러요. 그래서 이런 순간에는 갬블러의 피가 끓어오르죠. 리쿠가 고른 구슬을 선생님은 검은 구슬, 나는 빛의 구슬이라고 봤죠. 과연 나의 예상이 맞는지 틀렸는지 지금 당장 알고 싶군요."

고토 씨가 손가락으로 한 번 더 소리를 내자 겐 씨가 책상 위에서 가방을 뒤집었다.

"공짜는 아닙니다."

지폐 다발이 후두둑 떨어졌다.

하나가 100만 엔이라고 한다면 그게 한 개, 두 개…… 일곱 개, 700만 엔 정도가 있다는 게 된다. 어떻게 해서 이런 돈을 마련했을까. 눈앞이 아찔해지는 금액이다.

"어라라, 이거 우연찮게도 700만 엔이 있군요. 어쩜 이런 일이 다 있을까요." 이마를 탁 두드리고 이어서 말했다. "800만 엔이었으면 좋았을 텐데."

모두가 이제 꿈쩍도 하지 않았다.

"안타깝게도 하나가 부족하지만 하나의 구슬을 열 때마다 100만 엔으로 치죠. 총 일곱 개 분량의 구슬을 개봉하고 싶은데 어떤가요? 맑은 마음을 가진 리쿠에게 경의를 표하고 리쿠가 고른 구슬에 저는 손대지 않겠습니다. 하지만 그 다른 구슬을 구입한다면 딱히 문제가 없을 거라고 생각해요. 제가 보고 싶은 건 남은 구슬입니다. 선생님께는 아무 불리한 일도 없을 겁니다. 이 돈은 얼른 다 가져가 주세요."라고 말하더니 고토 씨는 도전적인 눈빛을 보냈다.

"자아, 구슬 일곱 개를 구입하는 걸 허락해주세요!"

그사이에도 겐 씨는 무릎을 꿇은 채 가방 입구를 벌리고 고토 씨에게 가방을 치켜올리고 있었다.

"저도 억지로 하자는 건 아닙니다만……."

고토 씨가 지폐 다발 하나를 검지와 엄지 끝으로 집었다. 그대로 겐 씨가 치켜든 가방 위로 스윽 가지고 갔다.

수평으로 뻗은 고토 씨의 팔, 손끝에 100만 엔, 밑으로는 가방이 입을 벌리고 있었다.

그 몇 초―.

점술가가 머릿속으로 계산하는 걸 유리도 알 수 있었다. 요청을 거절하고 이 700만 엔을 허무하게 날릴 것인지, 반대로 700만 엔을 얻을 것인지. 짜잘하게 점술로 적은 돈을 갈취하지 않고 고생하지 않아도 700만 엔이 손에 들어오게 된다. 더구나 리쿠가 고른 게 아닌, 남은 구슬이다. 점술과 직접적으로 관계가 없었던 구슬이다. 눈앞에 쌓인 이 압도적인 질량을 가진 돈을 두고 평정심을 유지할 수 있는 사람은 그리 없을 테다. 유리는 땀투성이가 되었다.

고토 씨가 천천히 검지와 엄지를 느슨하게 만들어갔다. 손가락 사이로 100만 엔이 조금씩 흘러 떨어져갔다. 그 지폐 다발이 가방에 낙하하려고 하는 0.1초 전이었다.

"그러도록 하죠. 주머니 일곱 개를 열어도 됩니다."

그 말을 신호로 고토 씨가 가지고 있던 지폐 다발을 책상에 올려놓았다. 지폐 다발을 미끄러뜨리다시피 해서 모으더니 책상 가장자리 한 곳에 쌓았다. 유리는 700만 엔의 높이를 처음으로 알았다.

이건 무대다.

유리는 생각했다.

이제는 볼 수 없어진 초능력자 고토 씨의 큰 무대. 그로부터 정식 무대에 한 번도 서지 않고 사기꾼 영감이라는 낙인이 찍힌 채 모두에게 비웃음을 받으며 조용히 은퇴한 고토 씨. 트레이드마크인 금색으로 번쩍이는 옷도 입지 않고 있는데, 초라했을 터인 고토 씨의 등은 널찍하고 이 자리의 모든 공기를 지배하는 왕처럼 보였다.

딱, 하고 고토 씨가 손가락으로 소리를 내자 겐 씨가 제일 왼쪽에 있던 주머니를 들었다. 뒤에도 보이도록 주머니를 가리키더니 책상 위에서 거꾸로 뒤집었다.

달그락, 하고 검은 구슬이 굴러 나왔다.

"첫 번째, 검정!" 하고 고토 씨가 높다랗게 선언했다.

또 딱, 하고 손가락으로 소리를 냈다. "두 번째, 검정!"

세 번째도 검정, 네 번째도 검정.

딱, 딱 하고 손가락으로 소리를 낼 때마다 검은색 구슬이 책상을 굴러갔다.

남은 건 일곱 번째. 리쿠가 손에 든 것을 제외한 마지막 하나였다.

겐 씨가 고토 씨의 눈을 힐끗 본 것을 알 수 있었다.

데구르르 굴러 나온 건 검정색 구슬이었다.

"일곱 번째! 검정."

일곱 개의 검은 구슬이 모였다는 것은.

"축하해. 리쿠! 역시 네가 가진 구슬이야말로 빛의 구슬이라는 게 증명됐어. 이걸로 모든 죄는 씻겼어!"

야소리가 이쪽을 노려보고 있었다.

"이런, 그렇다면 리쿠가 고른 빛의 구슬 주머니를 지금 열어볼까요? 열어보는 편이 좋겠지?"라고 고토 씨가 밝은 목소리로 말했다. "그럼, 리쿠, 그 빛의 구슬 주머니를 열어보자. 기대되지?"라고 말을 거는 고토 씨를 가로막듯이 목소리가 울려 퍼졌다.

"기다려."

야소리의 눈에 핏발이 서 있었다. 리쿠를 향해 몸을 틀었다.

"좋았어. 네가 선택한 건 분명 빛의 구슬이야. 너의 죄는 씻겨서 부정한 것들이 사라졌고 바람은 이루어질 테다."라고 야소리가 선언했다.

“빛의 구슬을 나에게 주렴.”

리쿠는 맑은 목소리로 “야소리 선생님 감사합니다!”라고 말했다.

야소리는 일단 구슬이 들어간 주머니를 양손으로 감싸다시피하고서 잠시 기도를 했다. 얼마 후에 주머니를 조용히 책상 위에 올려놓았다. 그 주머니가 열리자 눈부시게 빛나듯 빛의 구슬이 굴러 나왔다. 기도가 통했는지 어땠는지 리쿠는 한 번에 빛의 구슬을 골라낸 모양이다.

“소원을 말하렴.”

“저는 지금까지 엄마한테 걱정만 끼쳤어요. 그래서 빛의 구슬의 힘은 엄마에게 다 주고 싶어요. 엄마가 쭉 건강하고 행복할 수 있도록 이요. 모든 나쁜 일이 깨끗하게 씻겨나갈 수 있도록 이요. 앞으로 아무 걱정도 하지 않고 살 수 있도록 이요. 또 가족이 사이좋게 살 수 있도록 해주세요, 지금처럼요!”

그건 한없이 순수한 어린아이의 기도였다.

유리 옆에서 리쿠의 엄마가 오열하고 있었다. 리쿠는 야소리에게 고개를 깊이 숙여 인사를 했다.

기묘한 침묵이 흘렀다.

모두가 어떤 태도를 취해야 할지 눈치를 보고 있었다. 책상 위의 700만 엔을 마음에 두지 않는 듯하면서도 곁눈질로 계속 신경 쓰고 있는 야소리, 서로 끌어안고 소리 높여 우는 모자, 야소리를 노려보고 있는 고토 씨, 몸을 계속 흔들고 있는 아이카와 씨. 유리는 움직일 수 없었다.

"자, 그럼 이제 가볼까요." 하는 겐 씨의 목소리에 제정신으로 돌아온 듯 모두 일어났다.

복도로 이어지는 문을 연 겐 씨가 서두르라는 듯 손으로 제스처를 해서 아무 말 없이 빠른 발걸음으로 계단을 내려갔다. 선두인 고토 씨의 다리가 갈수록 빨라져서 마지막에는 다 같이 거의 계단을 달리면서 내려갔다. 리쿠와 엄마도 망설이면서도 따르고 있었다.

빌딩 바깥으로 나가니 갓길에 미니 밴이 세워져 있었다. '방음 상담은 사쿠라기'라는 글귀에 귀 마크가 들어가 있었다. 미니 밴 문이 자동으로 열렸다.

겐 씨가 "다들 타요."라고 날카로운 목소리로 말했다. 은행 강도라도 저지른 듯한 기세로 조수석에 겐 씨, 뒷좌석에 리쿠네 엄마와 리쿠와 유리, 중간에 고토 씨와 아이카와 씨가 탔다. 문이 닫히자마자 차는 달리기 시작했다.

낯익은 얼굴의 남자가 "시간 딱 맞춰서 왔네요."라며 운전석에서 온화하게 말을 걸었다. 목에 헤드셋을 낀 소리 마니아 사쿠라기 씨였다.

상가 빌딩이 점점 멀어지면서 호흡이 돌아왔다. 혼자 그 공간에 있었더라면 분위기에 넘어가서 지금쯤 공양을 한두 개쯤 올리고 있었을지도 모른다. 미니 밴이 자동차 행렬에 뒤섞여 속도가 일정해지자 암흑에서 있었던 일이 마치 꿈이었던 것처럼 여겨졌다. 암흑 속의 야소리, 쌓여 있던 700만 엔. 사기꾼 대 마술사의 대결.

고토 씨가 "리쿠 어머니."라고 뒷줄에 앉은 사키코 씨에게 말을 걸었다. "리쿠는 대단한 아이예요. 성스러운 힘으로 빛의 구슬을 골라내 엄마를 구했어요. 저주는 모두 풀렸어요. 이제 안심하세요. 앞으로 아무 걱정할 필요 없으세요."

하지만 엄마는 죄송한 듯했다.

"그래도 그런 거금을 우릴 위해서 내주시다니……."

"아니에요. 딱히 당신을 위해서가 아닙니다. 저는 태어난 곳이 라스베이거스고 자란 곳은 마카오인 천생 갬블러입니다. 자 보세요. 역시 리쿠는 빛의 구슬을 뽑았잖아요? 제 예상이 맞아서 기분이 아주 좋군요. 두바이 자택은 너무 넓어서 말이죠. 수영장도 지긋지긋하고 사자 산책도 넌더리가 났고 별장도 지루해요. 매일 하루가 멀다 하고 사치만 부리면 가끔은 이렇게 소소한 도박을 해보고 싶어지기도 하죠. 700만 엔은 저한테 있어서 소소한 금액이에요."라고 말하며 가슴을 폈다.

역 앞에서 리쿠와 엄마를 내려주었다. 리쿠네 엄마는 몇 번이나 고개를 숙였고 리쿠는 손을 크게 흔들었다.

미니 밴은 달리기 시작했다. 유리는 이 세상에 '살풀이'라는 게 진짜 존재하는지 아닌지는 알 수 없다. 그런데도 차창으로 작아져가는 모자의 모습은 빛나는 구슬의 살풀이의 힘을 받아 몸과 마음이 맑아진 것처럼 보였다.

"고토 씨가 태어난 곳이 라스베이거스고 자란 곳은 마카오인 천생 갬블러였다니, 몰랐어요……. 자택도 두바이에 있고 더구나 사자라니."라고 고토 씨에게 말을 걸자 "저는 태어난 곳은 나고야고 자란 곳은 지바인 천생 마술사예요. 도박은 해본 적도 없고요. 그런 건 입에서 나오는 대로 한 말이죠. 자택은 방 하나에 식당과 부엌이 딸린 월세 맨션이고 연금으로 빠듯하게 살아가고 있어요."라며 웃었다.

조수석에 앉은 겐 씨도 맨 뒷자리에 앉은 유리에게 소리쳤다.

"유리 씨한테 설명할 틈이 없었는데 이 아이카와 씨는 빵집 에이스야. 이름하여 '인간 저울 아이카와'라고 하지. 양손이 정밀한 저울처럼 돼 있어서 좌우 오차가 1그램이라도 나면 확실히 알 수 있어. 아이카와 씨, 다르면 어떻게 해야 하지?" 아이카와 씨가 고개를 한 번 끄덕였다. "같다면?" 아이카와 씨가 "고개를 안 끄덕여요."라고 답했다.

고토 씨가 뒷좌석을 돌아보았다.

"생각한 대로였어요. 만약 빛의 구슬이 여덟 개 중에 하나라도 섞여 있다면 소재 비중의 차이에서 무게의 오차는 좌우 중 어딘가로 반드시 드러나요. 거들먹거리며 고르게 했지만 전부가 같은 검은 구슬이었어요. 아무리 맑은 마음으로 골라도 빛의 구슬 따윈 처음부터 그중에 없었어요. 빛의 구슬은 맨 처음에 보여주기만 하고 주의를 산만하게 해서 상자 안에서 바꿔치기를 하는 거죠. 속임수죠. 그 녀석은 마술 테크닉을 악용해 사람들의 불안을 부채질해서 성스러운 물이라며 돈을 갈취했어요. 용서할 수 없어요."

"어, 그래도 그 빛의 구슬은 마지막에 나왔잖아요. 리쿠가 고른 주머니에서요."

"그 녀석, 빛의 구슬을 열기 전에 손을 모았잖아요. 그때 또 다른 주머니 하나를 숨겨 들고 있다가 손안에서 바꿔치기를 했어요. 상투적인 마술 테크닉이죠."

그렇다는 말은.

설마 정말 그 구슬 여덟 개 전부가 검정이었다는 건가?

아무리 진지하게 염원해도, 아무리 맑은 마음을 가진 사람이 골라도 전부 검정이라면?

야소리로서는 만약 리쿠가 고른 구슬까지 검정이라는 게 발각되면 여덟 개 있는 구슬 모두가 검정인 것이니 점술가가 처음부터 사이비라는 걸 들킨다. 그런 흐름으로 야소리는 리쿠가 고른 것이 빛의 구슬이라고 스스로 선언해야만 했다. 더구나 리쿠와 리쿠의 어머니에게는 리쿠 자신이 빛의 구슬을 선택했다고 생각하게 했다.

고토 씨는 적군도 속이고 아군도 속여서 훌륭하게 목적을 달성하는 대담한 행동을 해냈다.

"하지만 리쿠네 어머니가 처음에 본 점술은 딱 맞았잖아요."라고 겐 씨에게 물어보았다.

"어머니는 누군가한테 소개를 받았어. 사전에 그 사람이 올 줄 알고 있으면 얼마든지 조사할 수 있지. 어머니의 친구한테 얻은 정보도 그렇고 거기서부터 실마리를 풀어나가면 어느 정도 조사할 수 있어."

흠칫 정신이 돌아왔다. 그러고 보니 며칠 전에 이상한 전화가 왔다. 보험회사에서 온 전화로 남편이 든 보험에 관한 것이었다. 가족에게 변화가 있다면 약관으로 보험증권에 기재할 필요가 있다고 해서 아오가 태어난 일이나 남편이 장기출장 중이라는 사실을 말했다. 전화 안내원이 느낌이 좋고 이야기하기 편한 여성이어서 건강에 대한 것이나 최근의 생활에 대한 것까지 알렸고 남편의 근무처에 변경이 없다는 것도 이야기했다.

"잠시 실례할게요." 유리는 서둘러 아버지와 오빠, 큰아빠에게도 전화를 걸었다. 오빠와 아빠는 전화를 받지 않았고 큰아빠 쪽에 전화가 연결되었다.

"아니, 체조 말고요……. 최근에 이상한 전화 안 걸려 왔어요? 체조는 지금 상황에선 괜찮아요. 안 늦었어요. 네, 네, 그래요. 전화 이야기요."

역시 그랬다. 야소리에게 데리고 가는 사람은 아빠와 큰아빠와 오빠라고 전했다. 어떻게 해서 관계를 조사했을까. 모두의 속을 은근슬쩍 떠봤을 테다.

고토 씨가 뒷좌석을 돌아보았다.

"능력이 출중한 마술사나 점술가는 테크닉으로 긴장과 이완을 능숙하게 사용해 대화에서 그 사람의 됨됨이를 끌어낼 수 있어요. 상대의 감정을 어느 정도 조절할 수도 있고요."

그 소리를 들은 겐 씨가 이어서 말했다.

"고토 씨는 조금 전의 대결 때도 그 테크닉을 사용했어. 유리 씨, 알겠어?"

"네에? 그랬어요?"

"우선 맨 처음에는 무리한 요구를 했지. 이건 반드시 거절당할 만한 거라도 돼. 바로 다음으로 나름대로 조금 작은 요구를 했지. 그랬더니 상대는 그 요구를 받아들였어."

겐 씨가 그리 말하자 고토 씨가 놀란 듯 말소리가 커졌다.

"어, 겐 씨도 알고 있었어요? 어딘가에서 심리 마술이라도 공부했어요?"

겐 씨가 웃었다.

"그것 말고도 제한된 시간이라는 테크닉도 사용했잖아. 얼른 하지 않으면 손해를 본다고 부추겨서 상대가 잘못된 결정을 하게 했지."

"겐 씨, 혹시 전직 마술사였어요?"

"아니. 뭐 그런 것도 배우긴 했지."라고 겐 씨가 말해서 경찰도 여러모로 힘들구나 하고 유리는 생각했다.

우선 고토 씨는 맨 처음에 무리한 요구로 "그럼 선생님, 여기서 한 가지 내기를 하죠."라고 말했다. 당연히 야소리에게 거절당했다. 그리고 바로 다음에 그것보다 작디작은 요구를 했다. "남은 구슬 일곱 개를 구입하고 싶다." 그때 굳히기로 야소리의 눈앞에 제한된 시간과 함께 700만 엔을 언뜻 비쳤다. 야소리는 저도 모르는 사이에 궁지에 몰려 700만 엔을 버리고 리쿠가 고른 구슬을 검정이라고 할지, 700만 엔을 얻고 리쿠가 고른 구슬을 빛의 구슬이라고 선언할지 둘 중 하나를 선택해야만 했을 테다.

감탄하는 한편 유리는 오싹한 느낌이 들었다. 고토 씨는 리쿠네 모자를 구하기 위해 심리 테크닉을 사용했다. 하지만 조금 전에 있던 점술가의 공간, 그런 분위기 속에서 점술가 측에서 심리 테크닉을 사용하면 어떻게 될까. 정신적으로 괴로운 일이 있었던 사람은 자신의 불행을 조상 탓으로 간단히 결부시킨다. 그러면 이미 상대가 생각하는 대로나 마찬가지다.

지금까지 살아온 인생에서 만난 사람들이 우연히 좋은 사람들이라서 지금까지 아무 일도 없었지만 혹시 그런 심리 테크닉을 악용하는 인물이 나타난다면 어쩌나 생각하자 아랫배가 서늘해졌다. 악용까지는 아니더라도 무의식중에 심리 테크닉을 사용하는 사람이 있을지도 모른다. 불안과 공포와 제한시간까지의 선택에 부추김을 당해 생각의 주도권을 빼앗기고 몸과 마음을 점점 지배당한다. 사람의 형태를 한 괴물은 뜻밖에 이 일상 속에 숨어 있지 않을까 싶었다.

리쿠의 엄마와 자신은 아무것도 다를 바 없다. 우연히 그런 괴물과 맞닥뜨리거나 맞닥뜨리지 않았다는 차이뿐이다.

유리는 "그건 그렇고 700만 엔이라니 돈이 너무 많이 들었어요……." 하고 한숨을 쉬었다. 해결은 했지만 결과적으로 상대는 이득을 보고 말았다.

"이쪽은 초능력자 고토 씨라고. 악덕 점술가한테 눈을 멀뚱히 뜨고서 700만 엔을 줄 것 같아? 진짜는 겉의 일곱 장뿐이야."

고토 씨는 공중에 손을 스윽 휘젓더니 아무것도 없는 공간에서 7만 엔을 부채처럼 꺼냈다.

"와, 훌륭해!" 하고 겐 씨가 박수를 치자 아이카와 씨도 박수를 쳐서 찬양했다.

"우와, 어느새."

그렇지만 아무리 생각해도 대수롭지 않게 꺼낸 700만 엔은 진짜 지폐 다발로 보였다. 그렇기 때문에 야소리도 속았을 테다. 안이 가짜 다발이었다면 겉면의 한 장을 빼보기만 했어도 들켰을 것이다. 어떻게 한 걸까?

"이건 기업 비밀이에요." 하고 고토 씨는 7만 엔짜리 부채로 우아하게 얼굴을 부채질하면서 짓궂은 미소를 지었다.

"그런데 말이죠. 그 점술가도 가짜 지폐를 수중에 넣고 가만히 있지 않는 게 아닐까요? 혹시 리쿠네 집에 찾아가서 잘도 속였다며 복수라도 할지도 모르잖아요."

"내가 그 지폐 다발에 몇 자 적어놨어. '이 이야기는 다 녹음해뒀다'라고."

그러자 소리 마니아인 사쿠라기 씨가 대화에 끼어들어 "물론 확실히 녹음해놨어요. 노이즈 제거도 했으니 선명하게 들릴 거고요."라고 말했다.

"그리고 '그 모자도 우리도 건드려도 소용없다'라고도 말이지. 손을 안 대면 경찰에는 말 안 하고 그냥 두겠다고 했어."

"어, 왜요?" 유리는 지금 당장이라도 신고해야 한다고 생각했다. 그런 점에서 악덕 사기꾼을 쓸데없이 동정하지 않아도 되는데.

"그 녀석은 어떤 의미에서 경찰보다도 무서운 녀석들에게 지금부터 죽을 만큼 쫓길 테니 이제 그럴 경황도 없을 거야."

"경찰보다 무섭다니요……. 설마……. 폭력과 관련된 건가요?"

조심스럽게 말을 걸자 겐 씨는 뒷좌석을 향해 소리쳤다.

"그럴 리가 없잖아. 그 건너편 빌딩에 찻집 있던 거 기억해?"

그런 게 있었나? 하고 생각했지만 잘 떠오르지 않았다. 확실히 무슨 가게가 있었는데…….

"그곳에 만사 상담소의 상담원이 교대로 잠복하고 있어. 뭐

다들 한가하니까 엄청 적극적이었지. 그 빌딩 엘리베이터는 일부분이 바깥에서 보이게 돼 있어. 점집에 일주일에 손님이 얼마나 오는지 조사해봤지. 일주일이나 예비 조사를 하면 상대가 어느 정도 벌어들이고 있는지 어떤 삶을 살고 있는지 어떤 녀석인지는 자연히 알 수 있어. 상대의 행동 패턴도 약점도 말이지."

"저도 가봤어요."라고 운전하면서 사쿠라기 씨가 온화하게 말했다. "역 플랫폼에 이어서 진짜 잠복 같아 꽤 자극적이었지요."

겐 씨가 뒷좌석을 보았다.

"그리고 나랑 고토 씨는 리쿠네 아버지를 만났어. 애아빠가 그렇다면 협조하겠다며 이혼하기 위해 모으고 있던 정보를 모두 알려줬어. 자신이 알고 있는 만큼 사키코 씨가 점을 보러 간 횟수, 살풀이를 한 횟수, 확 줄어든 예금 데이터도 전부 첨부해서 협력해줬지. 처음에는 무슨 말을 하든 우릴 내쫓으려고 했는데 고토 씨가 애아빠한테 점술가의 수법을 공손하게 설명했지. 지금 사키코 씨는 세뇌에 가까운 상태라고도 말하고. 그러고 나니 애아빠의 태도도 조금은 부드러워져서 다행이긴 했어……."

"애아빠한테 '그럼 아버님이 내기에서 이기면 우리는 얌전히 돌아가겠습니다'라고 해서 간단한 내기를 했을 뿐이지만 말이죠. 애아빠는 내기에 10전10패 멋지게 완패했어요. 손에 들고 있던 카드가 전부 바뀌어 있거나 사라지기도 했거든요."라고 고토 씨가 말하고서 짓궂은 미소를 지었다. 고토 씨는 여전히 말을 이어나갔다.

"계속해나가는 동안에 애아빠 표정이 달라지기 시작했어요. 어째서 고른 카드가 들고 있던 손에서 사라질 수 있는지, 이번에야말로 이길 수 있을 텐데 왜 계속 지는지, 자신이 믿는 이 세계는 시선을 바꾸면 실로 부서지기 쉬울지도 모른다고 생각하기 시작했죠. 그래서 말해줬어요. '부인은 지금 이것보다 더 악랄한 수법에 계속 속고 있다'고요. 그런데도 아직 애아빠가 완고해서 내 옛날이야기를 조금 해줬어요. 옛날의 소소한 실패를요."

고토 씨가 자신의 옛날이야기를 시작하자 차 안이 고요해졌고 주행음만이 울렸다.

겐 씨가 뒤로 방향을 틀었다.

"우리가 점술가나 살풀이에 대한 증거를 모아서 밀고한 데는 세무서야. 세금은 절대로 피할 수 없으니까."

"그렇다고 해도 겐 씨, 그 점술가가 착실하게 장부를 기입하고 있다고는 단정 지을 수 없고 돈도 영수증 없이 현금으로만 건네받았다면 용케 달아날 수 있지 않을까요……."

"그럴 경우에는 세무 공무원은 추정해서 계산하지. 뭐, 평생 그걸 은행에도 맡기지 않고 한 푼도 안 쓰면 들키지 않겠지만 유리 씨, 그 녀석 손가락 봤지?"

손가락? 눈은 기억하지만 야소리의 손가락 등은 아무것도 기억나지 않았다.

"생활 스타일은 손가락에서도 드러나지. 좋은 걸 먹고 손에 물을 묻히거나 힘을 쓰는 일은 안 하는 손가락이었어. 불쌍한 호구한테 갈취한 돈을 얼마나 물 쓰듯이 쓸지 잘 아는 손가락이야. 보란 듯이 끼고 있던 거대한 오팔, 그것도 그렇게 붉은 빛이 도는 블랙오팔은 처음 봤어. 지금부터 그 여자의 재정 상태는 전부 조사받게 될 거야. 인터넷에서도 점술을 봐주고 있던데 금액은 클 테지만 세금은 제대로 내지 않았겠지. 악질이라면 체포될 거야."

고토 씨가 차에서 먼저 내리게 되었다.

"다들 오늘 고마웠어요. 난 우리 가정은 손쓸 수 없었지만 리쿠네 가정은 어떻게든 지킬 수 있었던 것 같아서 다행이라고 생각해요. 그리고 겐 씨 솜씨가 좋군요. 내 마술 조수라도 할래요?"

"아니, 됐어."라고 겐 씨가 곧장 말하자 모두가 웃었다.

만사 상담소가 있는 마을회관으로 돌아가서 해산했다.

빵집 에이스 아이카와 씨에게 "다음번에 빵 사러 갈게요."라고 해도 답은 없었지만 "아이카와 씨 덕분에 해결된 거나 다름없어. 오늘 고마웠어."라고 겐 씨가 말하자 "안녕히 가세요."라고 직각으로 꾸벅 인사하고 돌아갔다.

아오를 상담소 방으로 데리러 가려고 하는데 겐 씨가 "유리 씨, SNS로 해줬으면 하는 게 있어."라고 말했다.

그날 '지인 여성이 걸린 수법'으로 해서 점술가의 수법을 상세하게 SNS에 업로드했다. 글로 잘 표현해서 그 악랄한 수법이 큰 화제가 되었기 때문에 주의 환기로서는 다행이었다고 본다. 앞으로 이렇게 속는 사람이 한 명이라도 줄기를 바랐다.

그 글을 올릴 때 마지막에 망설였지만 유리는 문장 하나를 덧붙였다.

'초능력자 고토 씨는 지금도 건강하십니다. 어린이들에게 해바라기 마을회관에서 마술을 가르치는 강사로 계십니다. 지금 가르치고 있는 기술은 포에이스입니다.'

그 문장 자체는 마치 맥락이 없는 개인적인 말처럼 보였는지 아무도 반응하지 않았다. 하지만 아는 사람이 보면 알 듯하게 쓸 생각이었다.

—우리 가정은 손쓸 수 없었지만.

차 안에서 고토 씨가 말했다.

고토 씨와 겐 씨가 리쿠의 아버지에게 협력을 부탁하러 갔을 때 리쿠네 아버지는 맨 처음에 "이제 이혼할 생각이라서 아내가 어떻게 되든 상관없습니다."라며 냉랭한 태도를 유지했다고 한다. 그러자 고토 씨가 "우리 집도 그랬어요."라고 개인적인 이야기를 하기 시작했다. 고토 씨가 지방에서 공연을 하거나 텔레비전에 출연하느라 바빠서 집을 한창 비울 때 아내가 기도원에 빠졌고, 그 사실을 깨달았을 때는 거액의 빚을 졌다고 한다. 고토 씨는 무너져 가는 가족을, 아내와 아들을 지키기 위해서 어떻게든 거액의 돈이 필요했다.

유리는 그 말을 듣고 그 방송을 떠올렸다. 동심에도 충격이었던 그 방송이다.

결국 고토 씨는 지금도 가족과는 연락이 닿지 않는다고 한다.

하지만 만약 이 글을 본 누군가가 알아차려줬으면 좋겠다고 유리는 작은 바람을 그 한 문장에 맡겼다. 포에이스는 고토 씨가 예전에 아들에게 자주 가르쳐줬던 기술이라고 했다.

그로부터 유리는 마을회관 빵집 단골이 되었다. 특히 크림빵이 소박한 풍미가 나서 맛있었다. 시험 삼아 저울로 무게를 재봤는데 진짜 오차가 없어서 놀랐다.

마을회관에 리쿠와 리쿠네 엄마가 들렀고 그 모습이 건강해 보여서 안심했다. 피해자 모임도 생겼다고 하니 앞으로 뭔가 진전이 있을지도 모른다. 그런데도 아직 조금 걱정인 건 점술이나 무언가에 의존하는 사람은 의존할 대상을 제거했다고 해도 앞으로도 마찬가지로 다른 무언가에 의존하게 되지 않을까 하는 것이었다.

유리는 리쿠의 엄마인 사키코 씨에게 말을 걸어보았다.

“저기 괜찮으시다면 리쿠 어머니도 여기서 상담원으로 뭔가 해보시지 않을래요? 고토 씨는 아시는 대로 마술이고 겐 씨는 방범 카운슬러예요. 베테랑 보육교사도 있으시고요.”라고 말하자 사키코 씨는 아니에요, 아니에요……라고 고개를 가로저으며 자신 없는 미소를 지었다. “저 같은 사람이 뭘 하겠어요. 정말로요. 할 줄 아는 게 아무것도 없어요…….”라며 난처한 표정을 지었다.

“아니에요. 저도 상담원으로 등록하려고 하는데 간단한 스마트폰 조작이에요. 해보시지 않으실래요? 이 상담소는 뭔가 엄청난 특기나 다들 놀라는 전문적인 기술이 아니더라도 괜찮아요. 뭐든 괜찮아요. 자신이 할 수 있는 걸로 한 걸음 내딛으면 분명 누군가에게 도움이 될 거예요.”

사키코 씨는 잠시 생각에 잠겨 있었다.

“굳이 말하자면…… 다림질을 좋아해요. 전문가도 아니고 자격증이 있는 것도 아니지만요.”라고 사키코 씨는 조심스럽게 말했다.

때마침 마을회관 만사 상담소에 토요일, 일요일에 다림질 부스가 생겼다. 좋아하는 정도라고 했지만 단정하고 무척이나 깔끔한 솜씨였다. 다림질을 꼼꼼하게 하고 싶지만 직접 하는 건 번거롭다고 하는 사람이 일주일치 셔츠와 손수건을 가지고 왔다. 편하게 빨리 다림질을 할 수 있는 다리미 미니 강좌도 꽤 성황이었다. 겐 씨가 그 모습을 보고 이제 완전히 ‘다림질 전문가'라고 하자 사키코 씨는 수줍은 듯 고개를 끄덕였다.

리쿠는 주말 코스로 옮겨서 초능력자 고토 씨의 정식 제자로 들어가게 되었는지 초능력자 리쿠라고 이름을 댈 수 있도록 밤낮 할 것 없이 마술 연습에 힘쓰고 있었다. "그럼 저의 마법의 힘을 보여드리겠습니다!" 하는 힘찬 소리에 이끌리듯 유리도 입구 근처로 가보았다. 소년다운 씩씩한 표정을 짓고 있구나 싶었다. 고토 씨는 트레이드마크인 금으로 번쩍이는 의상을 입고 있었고, 리쿠까지도 손수 만든 금색 모자와 안경을 쓰고 고토 씨를 흉내 내느라 눈가에 점까지 찍고 있었다.

문득 유리의 등 뒤에 서 있는 남자의 존재를 알아차렸다. 그 남자도 회의실의 마술 교실을 들여다보고 있었다. 나이는 50대 정도일까. 이 남자, 어딘가에서 본 적 있는 듯한 얼굴인데……라고 생각하면서 그 사람의 얼굴을 뚫어져라 쳐다보게 되었다. 남자는 아이들에게 둘러싸여 있는 고토 씨의 얼굴을 응시하고 있어서 이쪽의 시선은 전혀 알아차리지 못하고 있었다. 그 옆모습이 누굴 닮았는지 알아차렸을 때 유리는 말을 걸었다. "저기 혹시 고토 씨의 가족이 아니신가요?"

제3화

매너 강사 후나키와 고민하는 숙녀

텔레비전 화면 안에 손을 넣고, 네, 요리가 나왔습니다, 잘 먹겠습니다! 하는 게 가능한 텔레비전이 있다면 얼마나 좋을까…….

유리는 텔레비전을 켠 채 멍하니 있었다. 방송은 알 만한 사람은 다 아는 명문 프랑스 요리점, 셰카타오카 특집이었다. 눈부시게 아름다운 유명한 가게와 너무 멋스러워서 어디가 입구인지 알 수 없는 카페가 늘어선 큰길에서 조금 후미진 곳에 있다는 셰카타오카는 미슐랭 스타를 받아서 예약을 잡는 것도 힘든 맛집이라고 했다.

외관은 오래된 서양풍인 듯했지만 일단 가게에 들어가면 천장에는 샹들리에가 별이 가득한 하늘처럼 반짝이듯 빛났고 쭉 늘어선 원탁에는 순백의 테이블보가 씌어져 있었다.

서빙된 전채는 초여름의 정원을 표현한 요리라고 했다. 우선 눈에 들어오는 건 뭐라고 할 수 없는 색 조합으로 공처럼 쌓아올려진 한 입 분량의 샐러드였다. 그 옆에 유리구슬 정도 되는 크기인, 만드는 공정을 전혀 상상할 수 없는 젤리 상태의 매끈매끈한 무언가가 곁들여져 있었다. 그리고 이중삼중으로 색을 쌓아올린 아담한 수수께끼의 요리까지 모든 것이 균형 잡힌 채 배치되어 있었고 여백까지 계산된 그림 같았다.

연예인이 먹고서는 하나하나 깜짝 놀란 듯 눈을 동그랗게 뜨고 흐음, 하고 높은 소리를 냈다. 흐음이 뭐야, 라고 유리는 생각했다. 뭐가 어떻게 맛있는지 설명을 하라고, 설명을. 달다든가 맵다든가 바삭하다든가 여러 가지가 있잖아.

유리는 방송을 곁눈질로 보고 배를 꼬르륵거리면서 아오에게 이유식을 먹이고 있었다. 마침내 오물오물 작은 입을 움직여서 먹는 것에 흥미가 생긴 모양이다. 성장하는 모습을 볼 수 있어서 기뻤다. "아오, 맛있어?" 하고 말을 걸었다. 유리의 오늘 점심은 이유식을 만들고 남은 고구마 나부랭이와 부드러운 흰밥이다. 여느 때처럼 남편은 출장 중이라서 자신이 먹을 식사만 공을 들여 만들 마음이 들지 않았다. 그냥 적당히 차려 먹자 싶어서 대개 매일 이런 느낌의 요리를 먹는다. 이제 부드럽게 삶은 호박도 순무 자투리도 먹기 질렸다.

언제가 되면 결혼 전처럼 가꾸고 세카타오카 같은 고급 프랑스 요리를 먹을 수 있는 날이 올까. 갓난아기인 아오가 있으면 솔직히 외식은 거의 할 수 없다. 아오가 한 번 울기 시작하면 주변의 시선에서 달아나다시피 서둘러 가게 바깥으로 나가 남편과 교대로 달래야 한다. 겨우 돌아왔을 때는 우동이 퍼지고 식어 있다. 오늘은 얌전하려나 싶었는데 모든 게 흥미진진한 아오가 컵에 담긴 물과 국을 요란하게 흘렸다.

얼룩이 없고 좋은 천이라는 것을 한눈에도 알 수 있는 순백의 테이블보는 작법과 매너를 확실하게 지킬 수 있는 어른만 가까이 가는 게 용납된 결계구나 싶었다.

그렇다고 해도 아이를 데리고라도 오늘은 역시 외식이 하고 싶다고 생각할 때도 있다. 그런 때야말로 푸드코트가 있다. 결혼 전에는 푸드코트라는 게 왜 있나 싶었지만 갓난아이를 동반하고서 내릴 수 있는 선택지는 푸드코트 말고 없었다. 푸드코트는 갓난아이를 동반한 사람에게도 친절하다.

그런 푸드코트의 라면이나 우동도 무난하게 맛있어서 좋아하지만 그게 쭉 이어지면 뭔가 이렇게 내가 생각하는 이상의 맛을 경험하고 싶어질 때가 있다. 내가 '맛있다'고 느끼는 허들을 훨씬 뛰어넘는 것 말이다. 경험한 적도 없는 듯한 미지의 맛에 생각이 추월당할 만큼 맛있게 담긴 외양. 사치스러운 식자재를 사용해 가정에서는 절대로 조리할 수 없을 듯한 시간과 기술을 구사해서 한 접시에 완성시킨 요리.

이럴 줄 알았다면 아오가 태어나기 전에 다소 무리를 해서라도 먹고 싶은 요리를 먹어뒀어야 했다……고 세카타오카의 우아한 요리를 보면서 생각했다.

생각을 고쳐먹고 오늘도 유리는 아오를 아기띠에 넣어서 바깥으로 나왔다. 아오의 둥그스름한 엉덩이를 토닥토닥 가벼운 손길로 어루만지면서 아동회관으로 가볼까, 아니면 바깥의 바람도 기분 좋으니 잔디밭 위에서 느긋하게 보낼까 생각했다. 내내 집에 있는 것보다도 바깥으로 나와 적당하게 햇볕을 쬐는 편이 아오도 밤에 푹 잘 수 있을 듯했다. 인생이 갓 시작된 아오에게 낮과 밤의 차이를 빨리 가르쳐주기 위해서 되도록 매일 산책을 하도록 한다. 자연스럽게 다리는 마을회관으로 향하고 있었다.

또각또각 조심스러운 하이힐 소리가 등 뒤에서 울려 퍼졌다.

길에서 예쁜 아가씨에게 추월당한 것과 동시에 시트러스 계열의 좋은 향기가 훅 감돌았다. 하이힐은 8센티미터 정도 되어 보였고 지면에 가까워질수록 폭이 좁아졌다. 그 곡선이 참으로 우아하고 아름다웠다. 유리는 자신의 스니커즈로 시선을 떨어뜨리고 굽이 있는 신발을 오랫동안 신지 않았구나 싶었다. 그 아가씨가 마을회관으로 들어가서 유리가 왠지 모르게 또각또각 하는 소리에 뒤따라가는 형색이었다.

아가씨가 망설임 없이 마을회관 2층으로 올라가서 혹시 상담소 손님인가 싶었지만 상담소 앞은 그냥 지나치고 옆방으로 들어갔다. 문득 쳐다보자 이번에는 예쁜 블라우스를 입은 아가씨가 계단을 올라왔다. 쳐다보니 그 뒤에도 원피스를 입은 여자가 곧이어 오고 있었다. 다들 하나 같이 꼼꼼하게 화장을 하고 머리를 예쁘게 매만지고 단정한 나들이 옷차림을 하고 있었다.

만사 상담소에 들어가자 평소처럼 소노 씨와 겐 씨가 있었고 "오오, 유리 씨랑 아오 왔어?" 하고 맞이해주었다.

신경이 쓰여서 목소리를 조금 작게 해 "오늘 옆방에 뭔가 이벤트라도 있어요?"라고 물었다. 겐 씨는 꺼림칙하다는 듯 인상을 찌푸리고 "매너 교실이야."라고 말했다.

"어머, 마을회관에서 그런 수업도 해요? 여성분들이 많이 오시던데 인기가 있나 보네요."라고 유리가 말하자마자 소노 씨가 웃으며 고개를 끄덕였다.

"저 매너 교실을 다니면 좋은 인연을 만난다는 소문이 돌아서 인기가 있어요. 선생님은 후나키 레이지 선생님이라고 해서 정말 엄격한 분인데, 그런데도 학생들은 다니더라고요. 예전에는 어딘가의 유명한 호텔 레스토랑에서 교실을 열었나보던데 후나키 씨는 누구의 눈치도 보지 않고 레슨 자체도 엄청 엄격해서 진도를 못 따라오는 사람도 많았던 모양이라 이제 교실은 이곳밖에 없대요."

겐 씨는 "어쩐지 기분 나쁜 사람이야."라고 말했다. "집사학교를 나와서 영국 저택의 집사장을 오랫동안 해왔나 보더라고."

"영국 집사학교 건물은 성이래요. 그게 또 어울린단 말이죠."라며 소노 씨의 표정이 누그러들었다. 겐 씨는 전혀 달갑지 않은 모습이었다.

소노 씨의 정보에 따르면 그 후나키 선생님은 남성패션잡지의 길거리 코디로도 옷차림이 자주 다루어질 만큼 멋스러운 패션을 즐기는 걸로 유명한 모양이다. 잡지에서 연재를 부탁받아도 "옷차림을 내 입으로 직접 말하는 건 내 미학에 반하는 일이다."라며 모두 다 거절했다고 한다. 소노 씨가 후나키 선생님을 칭찬하면 할수록 겐 씨는 짜증이 더해가는지 다리를 떨고 있었다.

"집사라며 대단한 사람처럼 굴지만 바꿔 말하자면 그냥 하인 아냐? 왜 너나 할 거 없이 몰려들어서 추켜세워 주는 건지."

잠시 후에 매너 교실이 끝났는지 아가씨들이 돌아갔다. 큰 소리로 이야기하는 사람 없이 고상한 모습으로 서로 인사를 주고받을 뿐이었다.

소문의 후나키 선생님이 궁금해서 방을 들여다보러 갔다. 그러자 뭔가 심각한 모습으로 이야기를 주고받는 목소리가 들렸다. 한가한지 바로 뒤에 겐 씨도 따라와 있었다.

"후나키 선생님, 부탁드립니다. 이제 이것밖에 길이 없어요."

여자가 필사적으로 선생님에게 무언가 부탁을 하는 듯했다.

"하지만 그렇게 해도 근본적인 해결은 안 되지 않나요?" 하고 뭔가 다투고 있는 모습이었다. 여자는 왠지 울먹이고 있었다.

안을 들여다보니 은테 안경을 끼고 슈트를 말쑥하게 차려 입은 노신사가 있었다. 이 사람이 후나키 레이지 선생님인 모양이다. 새하얀 머리카락은 깔끔하게 빗질되어 있었다. 역시 신발부터 시작해서 이것저것 할 것 없이 살짝 넋을 놓고 볼 정도로 멋스러웠다. 전체 모습이 보는 사람을 기분 좋게 할 정도로 몸에 딱 맞게 떨어졌다. 우리 남편이 가진 두 벌 정도 있는 빅사이즈 슈트와는 옷감부터 해서 전혀 다르다는 걸 보고 바로 알 수 있었다.

남자도 여자도 나이를 먹는 데에 따라 배가 뚱뚱하게 튀어나오거나 근육이 쑥 들어가서 체형이 무너지는 건 세상의 흔한 일이다. 후나키 씨의 경우 단정한 이목구비에 나이의 깊이가 더해져서 흰머리나 얼굴에 새겨진 주름조차도 왠지 매력적으로 여겨졌다. 어쩌면 젊었을 때보다도 지금이 더 근사할지도 모른다고 느껴지는 무언가가 있었다. 후나키 씨가 조금 피곤하다는 느낌으로 미간에 손을 대고 있는 모습에서도, 난처하게 시선을 떨어뜨리고 있는 모습에서도 눈을 뗄 수 없었다. 젊은 여자가 울먹이는 모습도 포함해서 영화의 한 씬 같았다. 젊은 연인을 걱정해서 노신사가 스스로 물러나겠다는 느낌의 그런 비련의 이야기 말이다.

"왜 다투고 있어요? 후나키 씨. 흠, 대낮부터 여자애를 울리다뇨. 이거 참 건강해서 보기 좋네요."

겐 씨가 출입구에서 비아냥대는 느낌의 탁한 목소리로 말을 걸자 후나키 씨가 "겐 씨, 안녕하십니까. 서서 엿듣기라니, 참 개성 있는 취미를 가지고 계시군요."라고 대답했다. 이 두 사람, 아무래도 엄청나게 사이가 나쁜 듯했다.

여자가 정말 울먹이는 듯해서 진정해요, 진정, 하고 달래면서 우선 옆의 상담소로 이동했다. 여자는 노사카 미나미라고 이름을 댔다. 회의실 파이프 의자에도 다리를 비스듬히 차분하게 모아서 앉아 있었고 양손도 가볍게 포개어 무릎 위에 놓는 등 명문가의 아가씨라는 분위기를 풍겼다. 까만 머리는 어깨 부근에서 예쁘게 가지런히 잘랐고 복장도 실크로 된 흰색 블라우스에 짙은 빨간색 플레어스커트가 잘 어울렸다. 이렇게 다소곳해 보이는 여성이 울음을 터뜨리려고 하다니 대체 무슨 일이 있었을까.

소노 씨가 다정한 시선으로 "혹시 곤란한 일이라면 우리가 할 수 있는 일이 뭔가 있을지도 몰라요. 그런데 말하고 싶지 않다면 아무 말도 안 해도 되고요. 그저 무슨 일이 있었나 싶어서 걱정이 돼서요. 괜찮다면 그걸로 됐어요."라고 말을 걸었다. 미나미 씨는 고개를 숙이고 다시 조금 울먹였다. 후나키 씨는 난처한 듯 한숨을 쉬고 건너편을 향해 있었다.

미나미 씨가 마침내 입을 열었다.

"실은 지금 사귀고 있는 사람한테 프러포즈를 받아서 결혼하게 돼서요."

"그거 축하할 일이네요. 인생에서 제일 좋은 시기잖아요."

겐 씨가 말에 끼어들어도 미나미 씨의 괴로운 표정은 풀리지 않았다.

"이번에 처음으로 양가 상견례를 드리게 되었어요."라고 말하고 미나미 씨가 고개를 숙였다.

그렇다, 생각해보면 유리도 양가 상견례를 했다. 서로의 본가가 멀어서 불공평하지 않도록 한가운데 지점에서 식사를 했다. 자기 때는 예의를 지켜 기모노를 입고 간 기억이 있다. 식당을 어디로 할지 무엇을 먹을지 캐주얼한 느낌으로 진행할지 형식을 차린 느낌으로 진행할지 여러 가지로 정해야 할 사안이 있었다. 그뿐 아니라 양가 사이에서 세밀하게 조정해야 하는 사항도 있어서 준비가 힘들었던 걸 기억하고 있다. 식사 동안 이야기가 활기를 띨지 어떨지도 걱정이었고 좌우지간 처음 겪는 일이어서 긴장했다. 분명 미나미 씨도 매리지 블루로 불안한 걸 테다.

미나미 씨는 사정을 조금씩 설명하기 시작했다.

"상견례 자리에 남자친구의 부모님과 누나와 여동생이 나와요. 상대의 집은 이렇게 말하기는 그렇지만 유서가 깊은 모양인지 남자친구도 매너 전반에 대해 정말 엄격하게 지키며 자랐나봐요. 사귀게 된 것도 파티에서 저의 먹는 방식이나 행동이 마음에 들어서 말을 걸어와서 시작하게 됐어요."

와아, 매너 교실도 상당히 좋구나 하고 유리는 생각했다. 배운 보람이 있었던 것이다. 결혼 상대를 찾는 친구에게 추천해야겠다 싶었다.

"그런데……." 하고 미나미 씨는 잠시 머뭇거렸다. "저희 집은 편부 가정이에요. 아버지는 나쁜 사람이 아니에요. 길러준 걸 감사히 여기고 있고 부녀 사이도 나쁘지 않아요. 그런데 아빠는 품격이라든가 매너라든가 그런 것과는 전혀 인연이 없는 사람이에요. 아무리 간청을 해도 파스타를 국밥처럼 요란하게 먹고 이가 몇 갠가 빠진 탓인지 먹을 때는 내내 쩝쩝 소리를 내요. 그리고 나이프는 귀찮다며 사용하지 않고서 큰 고기를 덧니로 물어뜯으려 하고 트림도 때와 장소를 거르지 않고 해요."

후나키 씨의 입술 모양이 소리 없이 oh자가 되는 걸 알았다.

"그런 건 딱히 상관없잖아. 뭐가 매너야. 트림이 나오는 걸 어떻게 하겠어." 하고 겐 씨가 터무니없는 말을 했다.

"저기…… 그뿐만 아니라 그게…… 밑에서도."

"방귀 말이야?! 방귀도 나올 때는 뀌어야지. 나이가 들면 여기저기 느슨해진단 말이야. 그냥 허용해줘. 안 그래?" 하고 후나키 씨에게 화제를 돌렸지만 아무 말 없이 무시당했다.

겐 씨가 손뼉을 짝 쳤다.

"하하, 알겠어. 조금 전에는 '우리 아버지한테 모쪼록 매너를 가르쳐주세요, 후나키 선생님.' 하고 부탁하고 있었구먼."

"아니에요."

"아니에요……."

후나키 씨와 미나미 씨의 목소리가 겹쳐졌다. 후나키 씨는 은테 안경에 손을 살짝 갖다 대고 이어서 말했다. "그런 부탁이라면 그에 상응하는 요금을 내면 받아들입니다."

방이 불온한 침묵에 휩싸였다.

"잠시만. 아가씨 설마—."

겐 씨의 말에 후나키 씨가 냉랭한 시선을 보냈다.

"그 설마입니다. 저에게 친아버지를 대신해서 양가 상견례에서 아버지 역할을 해달라고 했습니다."

네에? 하고 듣고 있던 모두가 놀라는 가운데 미나미 씨는 굳은 표정으로 고개를 숙이고 있었다.

분명 후나키 씨 같은 아버지가 있으면 자랑스럽겠지만 터무니없는 이야기다.

"근데 아가씨, 그런 거짓말을 하고 결혼해서 앞으로는 괜찮겠어?"

유리도 동감이었다.

"그래요. 결혼은 골이 아니라 그 이후가 훨씬 더 기니까 상견례 자리에서는 좋아도 나중에 미나미 씨 자신이 곤란해질 수도 있어요……."

친척 교류도 있을 테니 계속 속일 수 있지도 않다.

"괜찮아요. 남자친구는 이제 미국으로 부임 가기로 정해졌으니까요."라고 미나미 씨는 굳은 표정을 한 채 말했다. 확실히 유리 본가와 남편 본가도 멀어서 양쪽 부모끼리 빈번하게 얼굴을 마주하는 일은 없다. 그렇다 해도 결혼을 하는데 서로의 부모끼리 전혀 관계가 없다는 건 무리가 있다.

"미나미 씨, 잠시만. 후나키 씨가 앞으로 내내 아버지 역을 맡을 수는 없잖아. 본가에 인사도 드려야 하고. 더구나 결혼식은 어떻게 하려고 하는 거야?"

"결혼식이 끝나면 아버지는 영국의 한 시골에 돌아간 걸로 해서 일본에는 없다고 하면 돼요."라고 단언했다.

겐 씨는 계속해서 이어나갔다. "그럼 친아버지는 어떻게 할 셈이야? 아버지한테는 아무 설명도 안 하고 결혼할 생각이야?"

"아버지한테는 미국에서 둘이서 식을 올렸다고 하려고요. 최근에는 둘이서 올리는 결혼식도 유행하니까 이상하지는 않아요."

그런 말도 안 되는 소리가…….

"다시 생각해 봐요."라고 유리도 타일렀다.

후나키 씨도 어떻게든 이 부탁을 회피하고 싶은 듯했다. 그건 그럴 테다. 사람의 인생을 좌우하는 문제다. 아빠, 고마워요, 하고 신부가 보낸 편지로 눈물을 흘리기도 곤란할 따름이다, 생판 남이니까.

"미나미 씨, 참고로 형제는요?" 하고 후나키 씨가 물었다.

"언니가 있어요."

"언니가 있는 건 남자친구도 아는 거죠?"

"네."

"상대는 상견례 자리에 누나도 동생도 오는데 우리는 아버지랑 딸 둘뿐이라는 것도 조금 부자연스럽지 않을까요? 불안요소는 있지만 실제 가족과 같이 가는 편이……."

미나미 씨는 잠시 잠자코 이런저런 생각을 하는 듯했지만 갑자기 무언가 생각난 듯이 유리 쪽을 향했다.

"맞다, 프랑스 요리 좋아하시나요?"

"네? 뭐어, 좋아한다고 하면 좋아하지만요."

미나미 씨가 몸을 내밀어서 이쪽으로 향했다. 눈이 필사적이었다. "상견례, 실은 그 셰카타오카예요. 미슐랭 3스타를 받아서 단골도 예약하기가 엄청 어렵고 신규 고객은 이제 예약을 못 잡아요. 셰카타오카의 런치 코스, 한 사람에 4만 엔, 와인으로 2만 엔 정도 되는 예산을 짰는데 이걸 공짜로 드시는 건 어때요?"

순간 무슨 소리를 들었는지 알 수 없었다. 나? 하고 자신의 코를 가리키자 미나미 씨는 네네네 하고 고개를 끄덕였다.

"음, 그 말씀은 저한테 상견례에 와달라는 뜻인가요?"

아침 텔레비전 방송에서 흐음~~ 하는 소리만 냈던 연예인, 어쨌거나 먹음직스러워 보였던 부드러운 고기, 무엇을 졸였는지 정성이 들어간 비싸 보이는 수프에 뭐가 뭔지 알 수 없는 수수께끼의 디저트가 눈앞에서 아른거렸다.

"부탁이에요! 저희 언니는 도박이랑 튜닝카랑 담배랑 소주 이야기밖에 못해요. 언니 역을 꼭 해주세요! 식사비 외에도 사례할게요. 의상도 준비해드려요. 상견례에는 제 인생이 걸려 있어요!"

"무리예요!"

거절하자마자 미나미 씨는 울기 시작했다.

"지금까지도 약혼자가 본가에 인사를 하러 올 때마다 '가족과 잘 지낼 자신이 없다. 이 이야기는 없던 걸로 하자……,' 라며 실패하기만 했어요. 저희 집은 일을 아무리 해도 가난해서 집이 기울었어요. 아니, 지반이 진짜 내려앉아서 말 그대로 집이 기울어져 있기도 하고요. 이번 기회를 놓치면 이렇게 좋은 인연은 두 번 다시 안 찾아올 거예요. 죽을 마음으로 열심히 공부하고 장학금으로 대학에 가서 필사적인 노력으로 회사에 들어갔어요. 그리고 겨우 좋은 인연을 만나 앞으로 조금만 더 있으면 행복해질 수 있는데 저는 자신 때문이 아니라 가족 때문에 행복을 놓쳐야만 하나요? 저는 행복해지면 안 되는 인간인가요?"

미나미 씨가 목소리를 억누르고 우는 그 모습에 마음이 아팠다.

만약 자신이었다면 어떨까. 양가 상견례 자리에서 "아버님은 휴일에 뭘 하시나요."라는 화제가 나왔는데 "그러게요. 최근에는 전라 일광욕 체조를 조금 즐기고 있습니다."라고 진지한 얼굴로 이야기를 꺼낸다면. 왜 이런 상황에서 엄격한 큰아빠를 떠올리고 있을까. 하지만 자신이 지금까지 평생 노력하면서 살아왔는데 큰아빠 탓에, 자신 말고 다른 사람 때문에 좋은 혼담이 파탄 나는 건 확실히 괴로울 테다.

침묵하는 가운데 미나미 씨가 억눌러서 우는 소리가 읍읍읍 하고 울려 퍼졌다.

이 분위기를 견디다 못했는지 마침내 후나키 씨가 입을 열었다.

"……하는 수 없군요. 그럼 상견례 건은 받아들이겠습니다. 하지만 본격적으로 하는 이상 당신들에게 테이블 매너를 완벽하게 습득시키도록 하겠습니다. 테이블에 앉았을 때 저의 딸로서 위화감이 있어서는 안 되니까요. 제 지도는 엄격할 겁니다."

"할게요! 반드시 행복을 거머쥐어 보일게요!"라고 불타는 시선을 하고 미나미 씨는 말했다.

유리는 저런저런 하고 듣고 있었지만 두 사람의 시선이 자신에게 모여 있다는 걸 알았다. "'당신들'이라는 건 저도인가요?"

그리하여 상견례를 위한 특훈이 시작되었다.

'팔꿈치.' '시선.' '자세. 긴장을 늦추지 말고 천장에서 실이 내려와 있다고 떠올리고.' '누구죠? 그런 저급한 소리를 내는 건. 다시 하죠.' '팔꿈치의 각도.' '표정은 우아하게.'

나는 대체 무엇을 하고 있는 걸까 유리는 생각했다. 상견례 요원으로서 미나미 씨의 언니를 대신해 참가하게 되어 미나미 씨와 함께 자신도 테이블 매너 특훈을 받게 되었다.

회의실에는 빈 접시와 나이프, 포크가 나란히 놓여 있었다. 의상은 준비해준 원피스를 입었다. 익숙하지 않은 옷이면 긴장해서 생각대로 움직일 수 없다는 지도를 받아서 연습 때부터 정식 의상을 입게 되었기 때문이다. 아오는 옆방에서 소노 씨가 맡아주고 있었다. 이 의상이나 아오를 맡기는 비용, 후나키 씨에 대한 사례도 모두 미나미 씨가 준비해주고 있어서 얼마나 기합이 들어갔는지 알만 했다.

유리도 나이프와 포크는 바깥에서부터 사용한다는 상식 정도의 테이블 매너는 알고 있었다. 나름대로 하면 괜찮겠지 싶어서 매너 교실이라는 것을 솔직히 우습게 보고 있었다. 스스로도 엄격하다고 후나키 씨는 말했지만 지도는 정말 엄청나게 엄격했다. 1밀리미터 단위로 수정을 받았다. 테이블 매너라기보다 자세부터 조금이라도 어긋나면 그걸 지적했다. 무의식적으로라도 단정한 자세와 딱 겹쳐지도록 자신의 몸을 가져가는 그런 수수께끼의 스포츠 같은 분위기가 있었다. 유리에게 무도 경험은 없지만 아마 무도도 이런 느낌으로 수행하지 않을까.

힘을 팔꿈치에서 손목, 그로부터 손가락으로, 나이프 포크 끝자락으로 부드럽게 전달해나간다. 그사이에 어깨에는 힘을 싣지 않고 자세를 일정하게 유지한다. 한 곳에 신경을 쓰면 그 나머지를 소홀히 하게 되어 자세 하나하나는 좋아도 움직임이 어색해진다. 그러면 표정이 딱딱해져서 처음부터 수정해야 한다.

이제 이 특훈도 몇 번째를 맞이하는데, 맨 처음에는 의자에 앉기만 하는 동작을 '무릎.' '앞으로 너무 기울어지지 않도록.' '무릎을 부드럽게.' 하고 몇 백 번이나 반복했다. 다음 날에 넓적다리에 알이 배겨 근육통을 앓을 정도였다.

"어차피 임시방편이긴 하지만 1시간 동안 진행되는 식사자리에서라면 어릴 적부터 익숙해진 행동으로 보이게 하는 것도 특훈으로 어떻게든 될 겁니다. 자, 맨 처음부터 한 번 더 하죠."

후나키 씨는 겉보기와 다르게 육체파인 것 같았다.

후나키 씨도 이 일을 받아들인 이상, 최고의 지도를 하기로 결정한 듯했다. 미나미 씨도 꼼꼼하게 메모를 하면서 열심히 배우고 있었다. 이 상황에서 이제 관두겠다고 할 수도 없어서 필사적으로 우아해 보이는 동작을 따라했다. 유리는 자신이 평소 얼마나 느슨한 자세를 하고 있는지 뼈저리게 알았다.

수프를 어떻게 입으로 옮기고 어떻게 스푼을 놓는지만을 오로지 연습하는 날이나 바나나를 사용해서 실제로 자르는 연습부터 입으로 옮기기까지를 연달아 하는 날 등, 특훈은 이어졌다.

후나키 씨는 엄격해서 미나미 씨도 유리도 한마디도 칭찬받지 못했다. “좋아요.” “괜찮았어요.” 등의 말은 하지 않았다.

특훈이 끝난 후에는 늘 마라톤을 완주한 후처럼 책상 위에 푹 엎드린 채 잠시 허탈해졌다. 이렇게 집중력을 사용해서 무언가를 한 건 오랜만이었다. 쳐다보니 미나미 씨는 메모를 열심히 다시 읽고 있었다.

“미나미 씨, 괜찮아요? 후나키 선생님, 좀 너무 엄격하지 않아요?”

뺨을 책상에 딱 붙인 채 유리는 말했다. 혹시 후나키 씨는 하고 싶지 않았던 특훈이기 때문에 마지못해 지도를 하고 있으니 그런 태도를 취하고 있을지도 모른다.

“그런데 후나키 선생님을 따라하면 반드시 성장하니까요. 유리 씨, 거들어주셔서 감사합니다.”

미나미 씨가 말했다. 후나키 씨는 평소에도 이 정도인가 보다.

이야기를 들어보니 자세를 꼼꼼하게 배워서 좋은 혼처를 찾은 사람이 몇 명이나 있다고 한다. 사람은 자세로 얼마든지 아름다워질 수 있다고 했다. “겉보기만으로 아름다운 사람을 찾아낼 수 있는 방법은 자세예요.”라는 말을 듣고서 그런가? 싶었다.

확실히 전철에서 예쁜 사람이 칠칠치 못한 자세로 입을 반쯤 벌리고 있으면 왠지 모르게 실망하기도 하고 예능 프로그램에서 개그맨의 식사 태도가 의외로 예쁘면 갑자기 호감도가 올라가기도 한다.

지금까지 생각지도 못한 것이었지만 무의식적으로 했던 자신의 행동에는 확실히 자신의 지금까지의 삶이 나타나는 법이라고 느꼈다.

유리는 몇 번인가 한숨을 쉬었다.

"나…… 한 번도 칭찬 못 받았어요. 이거 정말로 잘되고 있을까요……?"

"잘되고 있어요, 틀림없이. 후나키 선생님은 이런 교실에서는 보기 드물게 사람을 칭찬하지 않는 걸로 유명해요. 저는 레슨 처음부터 한 번도 칭찬받은 적이 없어요. 다른 사람을 칭찬하는 것도 본 적 없는데요?"

미나미 씨는 그리 말하고 웃었다.

그리고 상견례 당일. 셰카타오카 개인실에 야노와 노사카, 양가 식구들이 한 자리에 모였다.

노사카 미나미와 약혼자인 야노 겐이치. 겐이치 씨는 초등학교에서 대학교까지 자동으로 진학하는 유명 학교를 졸업했고 유학 경험도 있으며 누구나 아는 무역회사에서 일하는 등서 있기만 해도 자신감이 넘치는 호감 가는 남자였다. 분명 학예회에서는 자연스럽게 "겐이치가 좋을 것 같아요."라며 모두에게 주연으로 추천받았을 듯했다.

그렇다면 옆에 있는 미나미 씨가 뒤떨어졌나 하면 그렇지 않았고 미나미 씨도 청초한 아가씨였다. 학력도 근무지도 나무랄 데 없었고 겐이치 씨와 나란히 있으니 두 사람은 실로 잘 어울려 보였다.

겐이치 씨는 성장 배경이 좋다는 걸 잘났다고 여기는 모습도 없었고 미소도 산뜻했다. 미나미 씨가 어떤 수를 써서라도 그를 놓치고 싶지 않은 마음이 이해가 된다……고 유리는 생각했다.

그 '어떤 수를 써서라도'가 가짜 언니 유리와 가짜 아빠 후나키 씨를 대타로 세우는 꽤 대담한 행동이지만 여기까지 왔으니 마지막까지 해내겠다고 유리는 마음속으로 맹세했다.

후나키 씨는 이런 자리에 익숙한지 차분하게 이미 상대의 부모님과 가볍게 나누는 대화를 즐기고 있었다. 힐끗 본 바에 따르면 후나키 씨는 미혼이라서 딸이 없을 텐데도 완전히 딸을 위하는 아버지의 얼굴을 하고 있었다.

후나키 씨는 세련되고 사교적이고 이야기를 잘하는, 이랬으면 좋겠다 싶은 아버지상의 요소를 전부 갖추고 있어서 매너 강사를 하는 한편 새롭게 신부 아버지 대역으로 개업을 해도 될 정도였다. 미나미 씨가 어릴 적에는 왈가닥이었다며 작은 강에서 점프를 하려다 실패한 에피소드를 꺼내자 미나미 씨는 "아빠도 참."이라며 수줍어하고 있었다. 흐뭇하게 보고 있었지만 전부 거짓이었다.

후나키 씨가 어릴 적의 미나미 씨의 사진을 보여주자 모두가 "귀여워라."라며 자리의 분위기가 누그러들었다. 이건 유리의 아이디어였다. 미나미 씨로부터 어젯밤에 전화가 와서 마지막 회의를 했다. 그때 자신이 상견례를 할 때를 떠올려서 이야깃거리가 없어 곤란할 때 어릴 적의 사진을 꺼내면 자리의 분위기가 부드러워진다고 말했다. 미나미 씨는 상견례 당일인 오늘 아침에 급히 본가에 사진을 가지러 다녀온 모양인지 "유리 씨한테 물어봐서 다행이에요."라고 말했다. 그 사진을 후나키 씨에게 건네둔 것이다.

겐이치 씨의 아버지는 회사를 경영하고 있다고 한다. 당대에 규모를 불렸는지 보기에도 번창한 듯했다. 어머니도 한눈에 '문화재인가?'라고 생각할 만한 기모노를 맵시 있게 소화해내고 있었다. 누나와 동생이 조금 개성이 강한 듯 비싸 보이는 원피스를 소화해내고 있었는데, 생글대며 이야기를 하면서도 미나미 씨를 지그시 응시하기도 했다. 이 여자가 우리 일족에 어울리는지 어떤지 판단하고 있을 테다. 언니는 특히 엄격한 듯했다. 언뜻 보기에는 상냥한 듯했지만 미나미 씨를 그다지 마음에 들어 하지 않는 듯했다. 눈 깊숙한 곳으로는 웃고 있지 않았다.

누나의 아들이자 겐이치 씨에게는 조카인 가즈마도 어째서인지 이 상견례 자리에 따라와 있었다. 가즈마는 초등학교 5학년이지만 야무진 아이라서 놀랐다. 어린이용 와이셔츠에

빳빳한 반바지, 가죽 구두가 잘 어울렸다. 테이블에 앉아서도 이런 곳에는 자주 와서 익숙한지 차분했다. 자신의 초등학교 5학년 무렵을 되새겨보면 진수성찬이라면 패밀리 레스토랑이 다였는데 이 세상에는 프랑스 요리를 익숙하게 먹는 5학년도 있구나…… 하고 유리는 내심 놀랐다.

그런데도 당사자인 미나미 씨는 기죽는 내색도 없이 행동하고 있었다. 처음에는 양가의 상견례 자리에 대역이라니 터무니없는 행동이라고 생각했지만 지금은 이제 힘내, 이 혼담이 잘 이루어질 수 있도록 응원할게, 라고 미나미 씨의 친언니가 된 것 같은 기분이었다.

유리한테는 오빠밖에 없지만 미나미 씨 같은 노력파 여동생이 있으면 분명 응원하고 싶어질 듯하다. 대화를 많이 나누지는 않았지만 미나미 씨가 중고등학생일 때에는 학원에 갈 돈도 없고 모의고사를 치는 돈마저 없었다고 불쑥 불평을 부렸었다. 심야에 일어나서 신문배달도 했다고 한다. 분명 여기까지 오는 동안에도 꽤 노력을 했을 테다. 그 노력이 어떻게 해서든 보답받기를 바랐다. 후나키 씨도 분명 그럴 테다. 이제 딸을 애지중지하며 길러 온 아버지로만 여겨지는 행동을 하고 있었다.

유리는 평소에는 쓰지 않는 검은 안경테를 살짝 건드렸다. 이 굵은테 안경은 만사 상담소에서 으뜸가는 '전기 박사 기네 씨'가 제작한 AR 안경이다. 프레임 쪽에는 무늬에 섞여서 눈에 띄지 않도록 카메라와 마이크가 달려 있었다.

한편, 그 무렵—.

해바라기 마을회관 만사 상담소의 방에는 긴 책상이 여러 개 나란히 놓여 있었다. 정면에는 거대한 모니터가 세팅되어 있었고 그 옆에는 먹으로 세로로 크게 쓴 종이가 붙어 있었다.

'프랑스 요리점 셰카타오카의 야노 · 노사카 양가 상견례 대책본부'

그 모니터를 주시하고 있는 건 대책 본부에 모인 멤버들이었다. '박물관 학예사 소네타니' '3대째 이어져온 포목점 점장 구로카와' '다도 사범 나루오' '미술 마니아, 화랑 경영 기시모토' '클래식 음악 전문 쓰바키야마' '미식가 엔도' '헌책방 경영가 책벌레 미시마' 이상 최강의 포진으로 도전하는 양가 상견례의 막이 지금 화려하게 열렸다.

"어머니의 기모노 띠를 칭찬해. 그건 쇼엔*으로 물들인 거야."

맨 처음에는 포목점 점장 구로카와 씨가 입을 열었다.

그 말을 들은 모니터 옆의 전기박사 기네 씨가 타다다닥 컴

* 소나무를 태워서 만든 그을음을 뜻한다.

퓨터에 글자를 쳤다.

—어머니 띠 칭찬, 쇼엔 염색—

유리의 안경 렌즈에 맞은편에서 보이지 않도록 글자가 떴다. 스파이 영화 같았다…….

"쇼엔으로 근사하게 염색된 띠네요."라고 말하자 어머니의 얼굴이 환해지고 "어머나, 언니분의 기모노도 멋져요."라고 말했다. 성인식 때 입어 본 게 다지만 "네에."라고 수줍어하며 조심스럽게 고개를 끄덕였다. 한자가 아닌 음으로 적혀 있어서 쇼엔 염색을 '마쓰케무리**'라고 읽지 않아 다행이었다.

전채 전에 아뮈즈부슈와 식전주가 서빙되었다. 시작 인사는 겐이치 씨가, 건배 선창은 겐이치 씨의 아버지가 차질 없이 진행했다. 샴페인 잔을 손에 드는 동작, 마시는 타이밍과 그사이까지, 각도부터 하나하나 맹특훈을 했다. 샴페인 잔이 꿈에 나올 정도로 연습을 했던 것이다.

한편 그 무렵 대책본부에서는 책벌레 미시마 씨가 손을 들었다.

뭔가 안경에 줄줄이 긴 글자가 나와서 아뮈즈부슈인 흰 무화과를 신경 쓰면서 유리는 안경의 글자를 다급히 눈으로 쫓았다.

** 한자 松煙은 쇼엔 또는 마쓰케무리로도 읽힌다.

—'소나기구름 사이의 해 그림자, 맑게 물들이며 산 이쪽을 건너는 백로'라는 시를 화제로 삼으세요—

자신이 무슨 말을 하는지 잘 모르는 채 "소나기……" 하고 유리가 말하기 시작하자 어머니는 몇 번이나 고개를 끄덕였고 아버지도 오오, 하는 시선으로 이쪽을 쳐다보았다. 왠지 전혀 모르지만 잘 되고 있는 듯했다.

어머니가 "그래요, 저는 후지와라노 데이카의 이 시를 제일 좋아해요…….''라고 말하며 기쁜 듯 기모노를 가리켰다. 아무래도 시를 기모노 무늬에 넣은 건가? 기모노 무늬인 새는 흰 백로였구나 하고 유리는 지금 알았지만 예전부터 알았다는 듯 미소를 지었다.

그사이에도 후나키 씨가 영국 화제를 꺼내면 자주 관광으로 놀러 간 듯한 누나와 여동생이 그에 답하며 갈수록 자리의 분위기가 누그러들었다. 미나미 씨는 차도 즐기는지 그날의 다회 이야기를 꺼내기도 했다.

초등학교 5학년인데 이미 미술관을 구경 다니는 게 취미라고 하는 조카 가즈마가 "저는 요전번에 고흐 작품을 보고 왔어요. 제가 좋아하는 작품이 뭐라고 생각하세요? 신인상파에 영향을 받은 시대의 작품도 나쁘지는 않다고 생각하지만……. 맞혀보세요."라고 말을 꺼내 정신이 까마득해졌다. 자신을 돌이켜보면 초등학교 5학년 시절에 공벌레나 매미잡기 이야기밖에 하지 않았나 하는 생각이 들었다.

대책본부, 잘 부탁해요, 라고 염원하면서 “그러게…….” 하고 시간을 끌었다.

그러자 안경에 글자가 떠올랐다.

—아를 체류 때 그린 해바라기, 남프랑스의 밝은 햇살—

대책본부, 감사합니다, 라고 마음을 푹 놓으면서 “혹시 아를에 체류할 때 그린 ‘해바라기’니? 남프랑스의 밝은 햇살을 느낄 수 있어서 고흐의 작품 중에서 나도 그 작품을 좋아해.” 라고 말하자 “맞아요.”라며 가즈마도 기쁜 듯 고개를 끄덕였다.

이거 대책본부 덕분에 대답할 수 있어서 다행이지만 만약 맞추지 못했더라면 분위기가 어떻게 됐을까. 튜닝카와 소주 이야기를 좋아하는 언니, 트림을 연발하고 뭐든 덧니로 물어뜯어가면서 먹는 아버지를 이 자리에 모시지 않았던 미나미 씨의 선택은 타당할지도 모른다…….

그 후에도 음악 화제로 옮겨가더니 산토리 홀의 좋은 음향에 대해 이야기를 펼쳐나가서 대책본부의 집합지성의 최적의 답이 안경에 연달아 오는 것을 의지해 유리는 고군분투했다.

머리 회전이 상당히 빠른 듯 박식하고 말솜씨가 좋은 누나, 긴장했는지 조심스러운 동생이 대화를 잘 이어나가면서 온화하게 이야기를 해나갔다.

그러고 보니 먼젓번 날에 미나미 씨에게 "개인 연습 도와주시지 않을래요?" 하는 말을 듣고 유명한 케이크점으로 갔다. 아오의 낮잠 타임을 노려서 유모차에 재워두고 둘이서 밀푀유를 먹었다. 후나키 씨의 맹특훈 덕분에 이제 어떤 종류의 케이크가 나오든지 '밀푀유? 파이가 바삭바삭해서 테이블 주변으로 흘리는 거? 그런 일은 한 번도 없는데. 손? 손도 사용한 적이 없고 말이지.'라고 말하는 듯한 얼굴로 새침하게 먹었다.

그때 미나미 씨가 말했다.

"저, 가난한 건 이제 지긋지긋해요. 어릴 적에 케이크를 먹은 적도 없어요. 친구네 집에서 생일 파티를 여는 게 너무 부러웠어요. 지금은 이제 스스로 나름대로 돈을 벌게 되었지만 여전히 저한테 있어서 케이크는 특별해요. 늘 어릴 적의 제가 마음속에서 쓸쓸한 시선을 하고 있는 듯한 느낌이 들어서요. 그래서 제가 아이를 낳으면 가능한 한 풍족한 삶을 선물하고 싶어요. 아이에게 맛있는 케이크를 아낌없이 사줄 수 있게 되었을 때 처음으로 제 안의 어린 시절의 저도 쓸쓸한 시선을 거두지 않을까 생각해요."

상견례 후반이 다가오자 점심 마지막으로 나온 디저트는 타르트 타탱이었다. 이제 어린 시절의 미나미 씨는 마음속으로 웃고 있겠다 싶었다.

무사히 식사가 끝나서 마음을 푹 놓았다. 하지만 야노가와 헤어질 때까지는 긴장을 늦출 수 없었다.

가게를 먼저 나간 야노가의 사람들을 따라 유리네도 세카타오카의 문으로 나가자 하늘이 묘하게 나지막하다는 사실을 깨달았다. 일기예보는 맑음이고 올 때는 그렇게 화창했는데 먹구름의 움직임이 이상했다. 이건 한 차례 비가 올 듯했다.

유리는 살포시 안경을 벗더니 문 뒤에서 안경을 반대로 들고 카메라에 보이도록 자신의 얼굴을 비추었다. 왠지 모르게 경례를 해 보였다. 앞으로 걸어가던 야노가의 사람들에게는 들리지 않도록 작은 목소리로 "작전은 성공했습니다! 대책본부 여러분, 수고하셨습니다!"라고 전했다.

이번에는 미나미 씨에게 안경을 돌렸다. 미나미 씨는 싱긋 웃으며 인사를 하고 "감사합니다. 여러분 덕분입니다."라고 말했다. "후나키 선생님?" 하고 안경을 돌리자 후나키 씨는 요란하게 어깨를 으쓱해 보였다. 표정에서 마음을 놓았다는 것을 알 수 있었다.

문 바깥으로 나가자 작은 트럭이 세워져 있는 걸 알아차렸다. 작은 트럭 짐칸에는 자재 같은 것이 산더미처럼 쌓여 있었다. 바로 옆에 남자가 서 있었다. 일하고 돌아가는 길인지 엉망진창인 작업복 차림이었다.

그 남자는 한손에 비닐우산을 들고 서 있었다. 이쪽을 보고 환한 표정을 지었다.

유리는 한순간에 알았다. 눈언저리가 닮았다. 앞니가 빠진 이 남자야말로 미나미 씨의 친아버지인 것이다. 오늘 일기예보가 크게 벗어났다. 한 차례 비가 올 듯한데 오늘 아침에 본가로 돌아온 미나미 씨가 우산을 가지고 가지 않았고 예쁜 나들이옷인 실크 원피스를 입고 있어서 그것을 걱정해 비닐우산을 가져다주러 온 것일 테다.

흠칫해서 미나미 씨를 보자 아빠로부터 필사적으로 시선을 피하고 있었다. 옆얼굴에서도 그 표정이 얼어붙은 것을 알 수 있었다. 미나미 씨는 시치미를 떼고 그길로 그냥 지나칠 생각인 듯했다.

아버지도 모두가 차려입고 있는 이 모습을 보고 자신의 차림이 분위기에 어긋났다는 사실을 왠지 모르게 이해한 듯했다. 미나미 씨의 표정을 헤아려서인지 빙그르 등을 지고 누군가를 기다리는 척하기 시작했다.

그때 조금 앞을 걸어가고 있던 겐이치 씨의 누나의 목소리가 들렸다. 힐끗 돌아보니 작은 트럭 쪽으로 시선을 보내고 있었다.

"가즈마. 공부를 안 하면 에어컨이 켜져 있는 곳에서 일 못하게 될 거야. 장래에 저렇게 힘들고 더러운 일만 하게 되는 거야. 이 이상 모의고사 성적이 떨어지면 안 돼."

그 목소리는 커서 등을 지고 있는 아버지에게도 분명 들렸을 테다. 옆에서 가즈마가 고개를 끄덕였다.

겐이치 씨도 무시하듯이 작은 트럭을 돌아보고 웃었다.

"알겠어? 가즈마는 공부를 야무지게 해야 해. 아무튼 미래를 위한 일이니까."

야노가 사람들이 한꺼번에 웃으니 "네에." 하고 가즈마가 말했다.

아버지는 역시 견딜 수 없어졌는지 비닐우산을 길에 살포시 놓고 작은 트럭을 타고서 시동을 걸려고 했다. 오래된 작은 트럭이라서 시동이 잘 걸리지 않는지 부릉부릉부릉 하는 소리가 계속 해서 울려 퍼지고 있었다.

그 소리를 등지고 미나미 씨가 자리에 우두커니 섰다.

눈을 계속 깜박이던 미나미 씨가 "……기지…….”라고 입 안에서 중얼거리는 것을 알고 유리는 흠칫 놀라 말리려고 했다.

그걸 후나키 씨가 손으로 저지했다.

미나미 씨는 가느다란 힐을 신고 실크 원피스를 바람에 나부끼면서 보도 한가운데 우두커니 서 있었다.

"웃기지 마!"

주변에 카랑카랑한 노성이 울려 퍼졌고 겐이치 씨와 누나와 조카가 멈춰 섰다.

늘 작은 새처럼 가련한 목소리로 말하던 미나미 씨한테서 이렇게 굵은 노성이 나올 줄은 생각지도 못했다.

미나미 씨의 얼굴이 새빨개졌다. 꼭 쥐고 있던 주먹이 떨렸다.

앞을 걷던 겐이치 씨의 부모님도 그 험악한 분위기가 의아한지 이쪽을 돌아보았다.

"뭐가 그렇게 웃기다고 그래? 돈이 있으면 그렇게 대단한 거야?"

미나미 씨의 기세는 더 이상 멈추지 않았다.

"우리 아버지는 매너는 전혀 모르고 이도 빠졌고 고상한 이야기는 아무것도 할 줄 모르고 집도 기울어져 있지만 타인을 비웃는 행동은 안 했어. 남의 직업을 우습게 여기는 행동도 안 했고!"

미나미 씨는 작은 트럭을 가리켰다.

"저기 작은 트럭에 있는 사람이 우리 아버지야! 아버지가 매일 진흙투성이로 일한 덕분에 나는 자랐어. 우습게 보지 마…… 아빠를 바보 취급하지 말라고!"

시동이 걸리지 않아 부릉부릉 부르르릉 하던 작은 트럭의 소리가 등 뒤에서 울려 퍼지는 가운데 마침내 시동이 걸려 그 길로 작은 트럭은 달려가 버렸다. 유리는 미나미 씨의 아버지가 운전석에서 한 번도 이쪽을 돌아보지 않은 걸 보았다. 길가에는 전체가 조금 찌그러져서 굽은 오래된 비닐우산만 남겨져 있었다.

'아버지'라니 어떻게 된 일이냐고 겐이치 씨 가족에게 질문을 받아 체념한 유리는 후나키 씨도 자신도 미나미 씨의 가족

대역으로 상견례에 나왔으며 친아버지와 친언니가 아니라는 사실을 자백했다. 이렇게 모든 거짓말은 만천하에 드러났고 양가 상견례는 더 이상 없는 걸로 치자는 험악한 분위기로 헤어졌다. 겐이치 씨에게는 "이 일은 없던 걸로 하자."는 말을 들었다.

모든 것이 끝났다.

뭐라고 해야 좋을지 몰라서 더 이상 말도 걸 수 없었다.

유리의 이마에 차가운 것이 톡 닿았다. 어둡고 낮게 드리워진 잿빛 구름에서 가는 비가 내리기 시작했다.

"후나키 선생님, 죄송합니다. 가르쳐주신 거 전부 소용없게 만들었어요."

미나미 씨의 원피스에도 빗방울이 비스듬히 떨어졌다. 풍성하고 예쁘게 세팅받은 머리가 헝클어져서 이마와 뺨에 척 들러붙었고, 섬세하게 그러데이션이 된 메이크업도 눈물에 씻겨나갔다. 그 모습은 모든 마법이 풀려버린 옛날이야기 속의 여자 같았다.

또 다시 빗발이 강해졌다.

후나키 씨는 땅에 놓인 굽은 비닐우산을 들고 펼쳤다.

"매너보다 중요한 건 많아요. 자신의 자부심을 더럽히는 것에 굴복해서는 안 돼요. 오늘의 당신은 잘했습니다."

우는 미나미 씨에게 비닐우산을 살포시 내밀자 우산을 때리는 빗소리가 가느다랗게 울려 퍼졌다. 후나키 씨가 흰 손수건을 내밀었다. 유리는 후나키 씨라는 남자가 처음으로 사람을 칭찬하는 걸 보았다.

이대로 미나미 씨를 돌려보내는 건 걱정이 되었다. "괜찮다면 우리 집에 안 갈래요?"라고 말했더니 미나미 씨가 고개를 끄덕여서 저녁은 집에서 먹기로 했다.

모든 일이 끝나고 마을회관에 아오를 데리러 갔을 때 상담소 상견례 대책본부는 이미 기쁜 분위기인 채로 해산해서 겐 씨도 포함해 모두 뒤풀이를 하러 몰려나간 후였다. 남아 있던 소노 씨는 유리와 미나미 씨가 피곤에 절은 표정을 보고 무언가를 감지했는지 상견례에 대해서는 하나도 물어보지 않았다. 그저 "두 분 다 수고했어요."라고 조용히 말했다. 그 한마디에 왠지 모르게 구원받는 기분이었다.

소노 씨는 혼자 살고 있다고 들어서 "맞다. 소노 씨도 지금 우리 집에 가실래요?"라고 권했다. 그러자 "어머나, 이거 여자들끼리만의 모임이네요."라며 기뻐했고 돌아가는 길에 마트에 들러 간단하게 장을 봤다. 잽싸게 구입한 건 문어와 다코야키 가루, 생강 초절임, 초콜릿과 핫케이크 가루였다. 소노 씨는 맥주와 음료를 모두의 몫만큼 샀고, 미나미 씨는 과일을 몇 개 샀다.

어서 오세요, 하고 두 사람을 방으로 안내했다. "나올 때 청소를 안 해서 정리가 안되어 있어요."라고 말했지만 정말 물건들이 어질러져 있어서 아차 싶었다. 우선 아오를 아기 침대에 앉히고 세탁물을 구석으로 치웠다.

“남편분은 괜찮으세요?”라고 어색하게 아오를 어르면서 미나미 씨가 물었다. “오늘도 출장 가서 없으니 때마침 잘됐죠.”라고 말하고 방 중앙에 앉은뱅이 밥상을 꺼냈다. 이런 날에는 다코야키가 최고다.

다코야키를 둘이서 빙글빙글 돌리고 있으니 미나미 씨가 오늘 있었던 일에 대해서 조금씩 이야기하기 시작했다. 소노 씨는 가만히 그 전말을 듣고 있었다.

“결국 아버지를 제일 무시하고 있던 건 저였어요. 심한 짓을 저질렀어요…….”라며 또다시 미나미 씨가 눈물을 글썽였다.

“그래도 그렇게 생각할 수 있도록 미나미 씨가 성장하게 된 건 아버지의 자녀 교육이 훌륭해서라고 봐요. 분명 그 마음이 아버지한테도 전해졌을 거예요.”라고 소노 씨가 말했다.

유리는 또 좋은 사람이 나타날 거라는 둥 그 녀석만 남자가 아니라는 둥 이런 말도 좀처럼 하기 어려워 가만히 다코야키를 굴리고 있었다.

미나미 씨가 아오와 남편과 유리 셋이서 찍은 사진 액자로 시선을 보냈다. 그 시선에 덩달아 액자를 본 소노 씨가 “우리 집 양반은 허무하게 죽었어요. 앞으로가 본격적인 노후인데 말이죠.”라며 “노년에 혼자라니 정말 예상 밖의 일이었어요.”라고 읊조렸다.

미나미 씨가 "유리 씨는 남편분이랑 어떻게 만나셨어요?" 라고 물었다.

"저요? 아, 출장 갔다가 날씨가 좋아서 해변에서 무릎에 도시락을 올려놓고 먹고 있었는데 솔개가 고로케를 낚아채가려고 했어요."

"솔개요?" "솔개 말인가요?" "비유적인 표현이 아니라 진짜 하늘을 나는 솔개 말인가요?"

엄청난 집념을 보여주었다.

"그래요. 새인 솔개요. 놀라서 반사적으로 손을 내밀었더니 용케도 잡혔어요……. 솔개도 어라? 라고 생각한 모양이지만 저도 어라? 싶어서 잠시 그대로 못 움직이고 있었어요."

"맨손으로요? 저기 뭔가 그런 종류의 일을 하고 계셨어요?" "유리 씨 운동신경이 좋아요?"라고 연달아 질문을 받았지만 우연히 놀라서 내민 양손의 엄지와 검지가 고리 모양이 되었고 그 고리로 솔개가 머리를 들이밀었을 뿐이었다.

"그 자초지종을 보고 있던 남편이 이런 여자는 처음 봤다며 감동한 모양인지 그게 친해지게 된 계기예요. 결혼식에서도 솔개가 주선한 인연이라고 화제가 됐고요. 웨딩 케이크에도 솔개가 놓여 있었어요."라고 말하자 둘 다 웃었다. 다행이다. 솔개에게 고로케도 도둑맞아 볼 일이다. 솔개가 다리로 고로케를 꽉 붙잡고 있는 웨딩 케이크 사진을 보여주자 미나미 씨는 "저도 해변에서 도시락을 먹고 올게요."라고 말하며 배를

움켜쥐고 웃고 있었다.

다코야키에서 팬케이크로 메뉴를 바꾸자 주변에 달콤한 향기가 감돌았다.

"아무리 노력해도 출신은 바꿀 수 없는 법이네요……."라고 자조하듯이 미나미 씨가 말했다. "저, 앞으로 괜찮을까요? 어떻게 하면 좋을까요? 앞으로 어떻게 하면 좋을지 이제 아무것도 모르겠어요……."

소노 씨가 팬케이크 반죽을 뒤집었다.

"이 나이가 되면 젊은 사람에게 여러 가지로 말하고 싶어지는 마음도 있지만 그래도 난 보육원의 젊은 선생님을 보고 있으면 시대가 정말 많이 바뀌었구나 싶어요. 스스로는 이게 최선의 방법이라고 생각해도 상대에 따라서는 그게 좋은 방식이라고는 단정 지을 수 없더라고요. 그래서 이걸로 만사해결이라는 연장자의 대단한 조언은 할 수 없지만 늘 대답은 미나미 씨의 내면에 있을 거라고 봐요."

유리도 고개를 끄덕였다.

"그래요. 앞으로의 인생은 누구에게나 예측 불가능일 테니까요. 오늘도 돌아가는 길에 솔개에게 무언가를 도둑맞을 가능성도 있을지도 모르고요."

그렇다. 그때 해변에서 도시락을 먹지 않고 식당에서 먹었더라면, 고른 것이 고로케 도시락이 아니었더라면. 솔개가 배가 고프지 않았더라면. 더구나 양손의 검지와 엄지가 우연히

원을 만들지 않았더라면 솔개가 그곳에 쑥 들어오는 일도 없었을 테다. 그러면 지금, 남편과 만나지 않았을지도 모른다. 기분이 좋아서 다리를 버둥거리고 있는 아오도 존재하지 않았을지도 모른다. 그리 생각하자 인생은 아무것도 알 수 없는 법이다 싶었다.

"솔개."라고 말하자 미나미 씨는 웃었다. "솔개 말이군요……."

대책본부에는 딱히 아무 말도 하지 않고 작전은 대성공했다, 그리고 모두 행복하게 살았다, 라는 것으로 치고 이대로 이야기를 끝내면 좋았을 테지만 그것도 조금 무책임하다. 미나미 씨는 앞으로 마음이 진정될 때까지 잠시 매너 교실을 쉬기로 했다. 미나미 씨에게도 "신세를 진 상담소분들에게 이야기하게 된다면 유리 씨가 전해주실래요?"라는 부탁을 받았다. 절차를 따라야지 싶었다, 언니로서. 언니라고 말해도 가짜 언니지만, 그런데도 미나미 씨가 행복해지기를 바라는 마음은 변함없었다.

만사 상담소에 상견례의 전말을 이야기하자 겐 씨는 꽤 놀란 듯했다.

"다행이지 않겠어. 그런 상황에서 실실 웃는 여자애가 아니라서 정말 다행이라고 난 생각해. 그때 남자한테 맞춰서 같이 웃고 있었더라면 뭐라고 할까 나중에 떠올리고서 평생 속상

해했겠지.”라고 말했다.

오늘의 겐 씨는 반팔 와이셔츠에 슬랙스 차림이었다. 반팔 와이셔츠라고 하니 상견례 매너 특훈 동안 더운 날이 있었는데도 불구하고 후나키 씨가 재킷을 계속 입고 있던 적이 있었다. 더구나 안에 입은 셔츠는 긴팔이어서 “그러고 보니 후나키 선생님은 늘 긴팔이네요. 반팔 와이셔츠는 싫어하시나요?”라고 대수롭지 않게 물어보았다.

후나키 씨는 “재킷을 벗는다는 건 속옷 차림으로 어슬렁거리는 것과 마찬가지예요. 더구나 반팔 셔츠. 오싹하군요. 칠칠치 못하게 벌어진 소맷부리에서 팔이 쑥 나와 있는 그 반팔 셔츠 말인 거죠? 미관을 해치는 흉한 일본의 복장 습관이죠. 그런 걸 입을 정도라면 지금 당장에라도 죽는 편이 나을 것 같군요.”라고 반팔셔츠가 부모를 죽인 원수라는 양 깎아내렸다.

겐 씨는 팔짱을 끼고서 중얼거렸다.

“어쩐지 싫은 후나키 녀석이 말한 대로야. 인간에게 소중한 거라면 그래, 자부심이지. 그 녀석 늘 폼만 신경 쓰는, 근성이 썩어빠진 멋만 부리는 멍청이라고 생각했는데 가끔은 좋은 소리도 하는군.”

기척을 느끼고 흠칫해서 출입구를 보니 그곳에 당사자인 후나키 씨가 서 있어서 심장이 멎는 줄 알았다. 어느 부분부터 들었을까. 아무래도 옆의 매너 교실이 때마침 끝난 모양이었다.

이제 후나키 씨의 얼굴을 보면 조건반사적으로 자세가 꼿꼿해진다. 후나키 씨는 오늘도 영국신사처럼 빈틈없는 차림을 하고 있었다. 물론 슈트 소맷부리로는 긴소매 셔츠가 살짝 들여다보였다.

“아, 후나키 씨. 여긴 일본이고 일본은 이제 슬슬 장마철이야. 늘 그런 차림을 하면 안 더워? 등에 땀도 날 거야.”

“아니요. 익숙해서 완전 괜찮습니다. 이 옷은 이탈리아 원단으로 통기성도 좋고 특별히 습기에 강한 실을 사용해서 신경 쓰시지 않아도 됩니다. 그래서 뭐가 썩어빠졌단 말이죠?”

“그야 썩었다고 하면 발효, 발효라고 하면 맛있는 와인 이야기인 게 분명하지.”라고 겐 씨가 점잔을 빼며 와인잔을 드는 흉내를 냈다.

양쪽에서 무언의 압박을 느꼈다.

이 분위기를 바꾸고자 유리는 “후나키 선생님, 먼젓번에는 수고하셨습니다.”라고 인사를 했다. “감사합니다. 그 친구도 이제 마음이 진정된 모양이더군요.”

후나키 씨는 은테 안경테에 손을 살짝 갖다 댔다.

“그리고 저도 책임감을 느껴서 좋은 상대가 없는지 지인에게 부탁을 했습니다. 어떤 분이 흔쾌히 받아들였으니 마음 정리가 되면 만날 수 있도록 준비하고 있습니다. 미나미 씨한테는 잘 어울리는 분이라고 봅니다.”

그 말을 듣고 유리의 얼굴에서 핏기가 가셨다.

"어, 저, 다음 상견례 자리에는 안 나갈 거예요. 세카타오카의 요리, 아무것도 기억나지 않아요! 고기……가 나왔던가? 뼈가 붙어 있었던가? 그건 무슨 고기였지? 생선도…… 으으……."

상견례 때는 필사적으로 AR 안경 글자를 쫓고 정확한 동작을 하도록 마음을 기울이면서 상대의 이야기에 반응을 했다. 그리고 옆에 앉은 미나미 씨의 언니로 신경을 쓰고 있어서 솔직히 요리 맛을 볼 경황이 없었다.

"그날의 런치 메인은 와규 설로인 푸아레로 그건 정말이지 살살 녹아내렸어요. 캐비아와 젤리 조합도 마법 같았고요. 그 파이 반죽으로 싸여 있는 일품 요리도 맛있었어요. 검은 트러플 향기가 화악 피어올랐어요. 와인도 풍년이었던 해에 만들어졌나 봅니다. 샤또 오 브리옹 1961년산이었으니까요."

아아! 하고 소리를 지르는 유리를 보며 "……정말 짓궂네." 라고 옆에서 겐 씨가 툭 말했다.

"뭐, 겐 씨의 입만큼 짓궂을까요."라고 후나키 씨가 미소를 지으면서 말하자 겐 씨가 쳇 하고 혀를 찼다. 이 두 사람은 정말 사이가 나쁘다.

그 후 미나미 씨가 기쁜 듯 마을회관에 찾아와 복도에서 후나키 씨에게 감사인사를 하는 걸 보았다. 유리가 있는 곳에도

와서 "후나키 선생님 소개로 만나고 온 사람, 너무 좋은 분이고 이야기도 잘 통해요."라고 말해서 유리까지 기뻐졌다. 당장이라도 빙글빙글 춤을 추기 시작할 듯한 분위기를 느낄 정도로 미나미 씨는 행복해 보였다. 겐 씨나 소노 씨에게도 보고하러 미나미 씨는 상담소 방에 들어갔다.

"다행이에요. 미나미 씨의 장점을 확실히 이해해주는 사람 같아서 무엇보다 기쁘네요."라고 후나키 씨에게 말을 걸었다.

"이럴 때는 매너 교실을 해서 다행이다 싶어요."

"그러게요. 후나키 선생님 댁처럼 집에서 매너를 확실히 익힐 수 있는 가정만 있는 게 아니니까요. 서민인 우리도 일류 매너를 배울 수 있는 건 감사한 일이에요."

후나키 씨는 잠시 묵묵히 있었다.

"매너 교실을 한 계기는 신발닦이였어요."

신발닦이? 후나키 씨는 늘 깔끔한 가죽 구두를 신고 있으니 그것과 관계된 건가 하고 유리는 생각했다.

"나 말이죠. 신발닦이를 해야만 했어요. 길가에서요. 우리 집은 엄청 가난했거든요. 도구도 주워온 것 같은 더러운 거였어요. 하지만 어린이인 내가 그렇게라도 해서 일당을 받지 않으면 살림을 꾸려나갈 수 없었어요. 아버지도 일찍 돌아가시고 어머니도 병치레가 심했으니까요."

유리는 후나키 씨를 빤히 올려보았다. 이 신사적인 후나키 씨가 그런 어린 시절을 보냈을 줄이야.

"어린애니까 당연히 어설펐어요. 그런데 매일 신발을 닦으러 오던 신사가 있었어요. 그 사람의 가죽구두는 아름다웠죠. 그리고 밑에서 올려다보는 슈트는 참으로 우아했고요. 이곳 말고 구두닦이 가게는 얼마든지 있을 텐데 그 사람은 나한테 매일 신발을 닦게 하고 그 대금을 지불했죠."

유리는 아무 말도 할 수 없었다.

"그저 길가의 가난한 어린아이한테 자비를 베풀려고 했던 게 아니라 그 신사는 어린 나에게도 자긍심이 있고 그걸 소중히 여겨야 한다는 걸 알고 있었던 거겠죠. 동경했어요. 장래에 나도 꼭 그런 신사가 될 거라고 말이죠."

후나키 씨는 아련한 시선을 했다.

"그저 자신을 꾸미고 싶다, 허세를 부리고 싶다는 것뿐이었다면 그 친구의 아버지 역은 아무리 돈을 준다고 해도 안 했을 겁니다. 다만 그 친구의 마음을 잘 알고 있었기 때문에 했죠."

후나키 씨와 눈이 마주쳤다.

"말이 너무 많은 남자는 아름답지 않죠. 그럼 저는 이만." 하고 후나키 씨는 걸어가기 시작했다. 유리는 그 등을 계속해서 배웅했다.

제4화

강아지 교장 다케다와 늑대소녀

유리는 아오를 유모차에 태워 마을회관으로 향했다. 때마침 앞에서도 유모차를 미는 사람이 온다 싶어서 길을 조금 비켜줬더니 좌석 안에는 폭신폭신한 흰 털실 같은 귀여운 강아지가 오도카니 앉아 있었다. 아직 강아지인데 영리해 보이는 까만 눈이 이쪽으로 향하고 있었다. 목에는 멋스러운 스카프까지 두르고 있었다.

강아지도 인간 아기가 궁금한 듯했지만 유모차 안의 아오도 강아지가 신경이 쓰이는 모양이었다. 강아지와 인간 아기의 만남. 서로 신기한 듯이 응시하고 있어서 아오에게 "멍멍이네." "귀여워라." 하고 작게 말하면서 지나갔다. 강아지도 인간도 아기는 모두 귀엽다. 아오는 아직 혼자 앉을 수 없어서 앉기에 있어서만큼은 강아지 쪽이 아오보다도 선배인 듯했다.

최근에 아오는 그림책의 강아지가 매우 마음에 드는 모양이었다. 펫숍에 가서도 강아지를 보고 기뻐했다. 시험 삼아 강아지 동영상을 보여줬더니 꺄꺄꺄 하고 소리를 높여 기뻐해서 귀여운 동물의 짧은 동영상을 찾아다 조금만 보여주게 되었다.

동영상에는 큰 개, 용감한 개, 귀여운 개, 영리한 개 등 여러 가지 개가 나온다. 그중에서도 어떤 개를 보고 흠칫했다. 그건 털이 갈색인 움직이는 헝겊인형처럼 사랑스러운 토이푸들이었지만 눈길을 끈 것은 그 '쇼콜라'의 산책 코스였다.

이 풍경, 어딘가에서 본 듯한데? 라고 생각해서 봤더니 아주 낯익은 공원과 제방이 나왔다. 동영상 재생횟수가 몇 십만 회인 인기 강아지 쇼콜라, 혹시 근처에 살고 있을지도 모른다. 주인의 모습은 사진에도 동영상에도 나오지 않았지만, 토이푸들은 인기가 있어서 산책하는 사람도 많이 볼 수 있다. 구별이 가지 않아서 유리는 어떤 개가 쇼콜라인지는 알 수 없었지만 언젠가 실물을 보고 싶었다. 쇼콜라는 음악을 아주 좋아하는 개로 리듬에 맞춰서 귀엽게 짖거나 춤을 추는, 유명인이 아닌 유명견이다. 분명 실물도 엄청 귀여울 테다.

반려견도 기르면 좋겠다는 생각이 들었다. 지금은 아오를 돌보는 일로 벅차고 살고 있는 아파트도 반려동물을 기르는 건 허락되지 않는다. 실제로 개를 기를 수 있는 건 아직 훨씬 먼 일이 될 테지만, 아오와 형제처럼 사이좋게 자라는 개가 있는 것도 꽤 즐거울 듯했다.

반려동물에 대해 생각하다가 최근에 개를 기르기 시작했다는 큰아빠를 떠올렸다. 큰아빠가 참가했던 전라 일광욕 체조 서클은 어이없게 활동이 중지되었다고 한다. 제창자가 경범

죄법 위반으로 허무하게 연행되어 간 것이 원인인 모양이다. 살아갈 희망이 사라져가던 큰아빠는 그 마음에 뚫린 구멍을 채우기 위해서 포치 다로라는 개를 키우기로 한 모양이다. 개를 기르면 매일 밤낮으로 산책을 하러 나가게 되니 운동 습관도 생겨서 좋을 테다. 무엇보다 귀여운 강아지가 있으면 생활에 활기를 띤다. 이걸로 분명 큰아빠도 안정을 되찾겠지. 유리는 개 덕분이라고 생각했다. 이상한 체조보다 훨씬 낫다.

큰아빠는 무슨 개를 키울까. 토이푸들일까, 포메라니안일까, 웰시코기도 귀엽겠다. 아니, 믹스견도 괜찮으려나. 집에 익숙해졌을 즈음 아오를 데리고 놀러 가볼까 생각하고 있는데 절친한 사촌언니한테서 전화가 왔다.

"아, 지금 전화 괜찮아……? 우리 아빠 일 말인데……."

그 목소리를 듣고 경계 태세를 갖추었다. 이번에는 무슨 일이람. 개를 키우는 건 역시 문제가 없을 텐데 하고 생각하고 있던 순간 이 말이 나왔다.

"어, 응. 큰아빠, 반려동물 기를 거라고 요전번에 메시지를 보내줬어. 찾고 있다고 쓰여 있더라고. 강아지였지?"

"그 메시지에 강아지라고 쓰여 있었어?"

"아니, 이름이 포치 다로니까 분명 개라고 생각했지. 아니야?"

"우리 아빠가 반려동물을 기르기 시작했는데……."라며 사촌언니가 잠깐 말을 머뭇거렸다. "잠시 이거 봐줄래?"

수조 사진이 있었다. 아무리 확대를 시켜도 아무것도 보이지 않았다. 단순히 물만 있는 듯했다. 여기에 뭔가 열대어 같은 걸 넣으려는 걸까?

"포치 타로는 물고기였어? 아님, 도롱뇽이라든가 개구리라든가. 앞으로 기르는 거야?"

"이미 그게 여기에 있어……."

다시 꼼꼼하게 찾아보았지만 아무것도 보이지 않았다.

"물벼룩이."

"뭐어? 물벼룩?"

물속에서 돌아다니는 벌레나 작은 새우 같은 걸까. 애초에 물벼룩을 키울 수 있을까?

사촌언니가 한숨을 쉬었다.

"물벼룩은 암컷 수컷 짝이 없어도 늘어나나봐. 태어난 지 4일 만에 새끼를 낳는데 그게 대개 24마리 정도 늘어난대. 1마리가 나흘 만에 24마리가 된다니까."

놀라운 생태였다.

"24마리라니 엄청 번식하네."

"그 24마리가 나흘 후에 1마리씩 24마리를 낳지."

이렇게 되면 계산에 달린 문제다. 24 곱하기 24는 404?

"그 404마리가 나흘 후에는 24마리를 저마다 낳는 거지."

잠시만. 400 곱하기 20은 8천 마리?

"잠시만 기다려줘. 그러면 8004가 다시 나흘 후에는 그러니까……. 160004."

그대로 나흘 후에는……. 이제 물벼룩 빅뱅이 일어난다.

"더구나 물벼룩은 한 수조에서 너무 늘어나면 산소가 결핍된대. 산소가 결핍되면 시뻘게져서 약해지고. 아빠는 그럼 가엽다면서 수조를 늘려서 정원에도 큰 대야 같은 걸 한가득 놓고 그걸 들여다보면서 좋아, 좋았어, 착하네. 귀엽기도 해라, 라면서 ……."

엄격한 큰아빠가 "착하네, 귀여워라."라고 물벼룩이 담긴 수조에 말을 거는 모습을 상상하려고 했지만 잘 되지 않았다.

"참고로 매일 아빠가 정원에서 양동이에다 대고 귀엽다고 말을 걸고 있으니 근처에 사는 사람이 슬며시 이 집 남편, 최근에 괜찮아요? 잘 지내고 있어요? 라고 물어와서 엄마도 두 손 두 발 다 들었대. 온 집을 봐도 수조뿐이고 매일 늘고 있어서 습기도 엄청나."라고 사촌언니가 어두운 목소리로 말했다.

이 세상에는 강아지나 고양이, 잉꼬나 햄스터 등 귀여운 반려동물이 산더미처럼 있는데 큰아빠는 왜 물벼룩을……. 분명 물속을 톡톡 헤엄쳐 돌아다니는 모습이 갸륵해 보이기도 할 테다. (그런가?)

정년 후의 제2의 인생에서 겨우 발견한 것이 아이돌 다음에 전라 일광욕 체조, 다음은 물벼룩 대증식인 건가……. 인생에 이런 함정이 있을 줄이야.

그런 생각을 곰곰이 하고 있는 동안에 마을회관에 도착했다. 그건 그렇고 사람에게 있어서 삶의 보람은 뭘까. 어떤 사람은 육아에 있고 어떤 사람은 원예에 있고 어떤 사람은 고양이나 개, 새 등의 반려동물을 키우는 데 있다. 자신의 일이나 회사를 크게 키우는 것을 삶의 보람으로 삼고 있는 사람도 있을 테다. 스포츠나 음악 연습도 그렇다. 아이돌을 덕질하는 삶도 있을지도 모른다. 그런 삶의 보람이 사라지면 인간은 정해진 길에서 크게 벗어나기 시작하는가 하는 생각이 들었다.

큰아빠에게도 좋은 반려동물이 생겼다고 생각하자며 일단 큰아빠의 수수께끼의 반려동물, 계속해서 늘어나는 물벼룩을 제쳐놓고 유리는 상담소로 들어갔다.

"어머나, 유리 씨랑 아오. 안녕?" 하고 평소처럼 소노 씨가 맞이해주었다. 방을 둘러보았지만 웬일인지 겐 씨가 없었다.

"어라, 오늘은 겐 씨가 안 계시네요."

"오늘은 다케다 선생님과 볼일이 있어서요. 아마 멍멍 경비대 이야기가 아닐까 싶어요."

강아지 교장 다케다 씨는 강아지를 훈련시키는 데 프로다. 사람이 식사하는 중에 내내 짖고 식탁으로 뛰어드는 개나 접시 위에 있는 걸 전부 지저분하게 먹어치우는 먹성 좋은 개, 터그 줄을 세게 잡아당기다 폭주해서 주인을 두 번이나 골절시키게 만든 거대하고 폭력적인 개라도 강아지 교장인 다케다 씨가 상대하면 멀쩡히 질서를 잘 지키는 개가 된다고 한다.

다케다 씨는 개를 때리면서 가르치는 게 아니라 바로 정면에서 대치해, 하지 말아야 할 것, 해도 되는 것을 끈질기게 처음부터 다시 가르친다고 한다. 교육 대상에는 개뿐만 아니라 개를 어떻게 대하는지 알아야 하는 주인도 해당된다. 다시 배운 개와 주인들이 지금까지의 습관을 싹 바꿔야 해서 힘든 모양이지만 다케다 씨를 따라 꼼꼼하게 다시 배우면 반드시 좋은 결과가 나온다고 한다.

나쁜 것은 개가 아니라 환경과 습관이다. 좌우명은 어떤 개에게도 사랑을 가지고 내버려두지 않는다는 것이다. 다케다 씨가 존경을 담아서 교장이라고 불리는 이유였다.

그 강아지 학교의 다케다 씨에게 말을 걸었던 건 겐 씨였다. 그것이 '멍멍 경비대'의 창설이었다.

경비라고는 하지만 특별한 일을 하는 건 아니다. 하루하루 단순한 산책을 하는 거지만 구불구불 앞이 잘 보이지 않는 골목길, 해 질 녘에 통행하는 사람이 없는 곳, 후미진 곳에 있는 공원 등 방범 지도를 생각하면서 개와 둘러보고 산책한다. 겐 씨가 말하기로는 사람의 눈이 있기만 해도 방범에는 효과가 있다고 한다. 반려견과 함께라면 더욱 효과적인 모양이다.

이 부근의 반려동물 네트워크에서 신뢰받고 있는 다케다 씨의 부탁 때문에 수많은 경비견이 모였다.

경비대라는 명분을 내세우고 있지만 이 구간, 이 시간대의 담당은 제대로 된 경비를 한다기보다 어디까지나 헐렁한 면이 있어서 부담도 적어 참가하기 쉽다. 경비견에게는 밤에 빛나는 근사한 마크가 배부된다. 이 활동에 찬성하는 도그푸드 회사에서 한 달에 한 번 강아지의 간식이 배달되는 것도 기쁜 점이다.

그 탓인지 이 부근의 범죄율은 경미한 사건을 포함해도 낮아서 멍멍 경비대가 경찰에 표창을 받기도 했다고 한다. 사진을 봤지만 한곳에 모인 강아지들이 큰 개부터 작은 개까지 마크를 달고 뽐내듯이 있는 모습이 늠름하고 귀여웠다.

소노 씨와 아오가 놀고 있는 동안에 겐 씨와 강아지 교장인 다케다 씨가 같이 돌아왔다. 다케다 씨는 교장이라는 통칭에 걸맞게 풍채가 좋고 체형이 듬직했다. 강아지를 좋아하는 사람은 모습까지 강아지를 닮는 것인지 동그란 눈에 피식하는 입 모양, 굵은 목은 보기에도 프렌치불도그였다.

두 사람 다 내키지 않는 표정을 짓고 있었다. 아무래도 뭔가 문제가 있는 모양이다.

"어라, 무슨 일이 있었나요? 두 분 다……." 하고 말을 걸어보니 다케다 씨와 겐 씨가 눈을 살짝 마주쳤다.

"실은 말이야. 사건이야. 그것도 유괴사건."

"뭐라고요?"

겐 씨가 말하자마자 놀라서 큰소리를 내고 말았지만 다급히 목소리를 줄였다.

"유괴라니요. 큰 사건이잖아요. 경찰에는 신고했어요?"

겐 씨가 고개를 가로저었다.

“그게 말이야. 유괴당한 건…… 개야.”

“개요?”

다케다 씨가 보충해서 말했다.

“위험하다고 생각했어요. 그 주인은 늘 스마트폰을 만지느라 개가 간 방향을 전혀 안 봤으니까요.”

길에서 스마트폰을 보며 걷는 사람을 맞닥뜨리면 앞을 전혀 보지 않아서 무서울 때가 있다. 개와 산책하는데도 걸어 다니며 스마트폰을 하는가 싶어서 조금 어처구니가 없었다. 다케다 씨는 이어서 말했다.

“산책 때는 바깥에서 무슨 일이 있을지 몰라요. 반려견한테서 시선을 떼서는 안 돼요. 저도 주의를 주지는 않았지만 그 개랑 주인이 늘 신경이 쓰였어요.”

다케다 씨가 팔짱을 꼈다.

“그 사건날도 벤치에 앉아 스마트폰에 열중하느라 개를 공터에 놓아주고 자유롭게 놀게 하고 있었다고 해요. 문득 정신을 차리고 보니 개가 없어서 많이 당황했겠죠.”

“그거 유괴가 아니라 개가 혼자 어딘가로 놀러 나간 게 아닐까요?”

겐 씨가 고개를 가로저었다.

“협박장이 왔어. 그 주인은 아무래도 유명한 인플루엔자? 아니 인플루…….”

"인플루언서……."

"그래그래, 반려견 인플루언서라고 해서 아마추어인 주제에 유명인인 모양이야. 그래서 거기로 메시지가 왔어. '쇼콜라는 내가 데리고 있다. 경찰에 말하면 당신의 산책 동영상을 뿌리겠다.'라고."

흠칫했다.

"어, 혹시 유괴당했다는 건 그 츔추는 쇼콜라인가요?"

겐 씨가 의아하다는 듯한 얼굴을 했다.

"유리 씨가 어떻게 그 개를 알고 있어? 갈색털이 복슬복슬한 강아지야."

"알고말고요. 쇼콜라라고 하면 지금 제일 유명한 강아지잖아요. 이거 보세요. 여기 숫자요."라며 스마트폰을 꺼내서 쇼콜라의 SNS 팔로워수를 가리켰다.

"이렇게 많은 사람이 쇼콜라를 응원하고 있어요. 참고로 재생횟수에 따라 광고수입이 들어오는데, 예를 들어서……." 하고 인터넷 기사를 읽었다. 인플루언서의 일례를 꺼내 보았다.

펫 계열의 인플루언서인 유명한 강아지는 기업 광고에 나오거나 사진집이 출판되기도 했다. 그만큼 큰돈을 벌 수 있는 거다. 유명해져서 애견용 샤워 시설이나 야외운동장도 가지고 있기도 하다. 좋은 아파트로 이사하는 사람도 있다.

"그렇게 벌이가 되나? 개일 뿐인데?"라며 겐 씨의 눈이 동그래졌다.

“물론 아주 일부예요.”라고 거듭 주의를 주었다.

“유괴라고 하면 범인이 몸값을 요구해왔나요?”

“그게 말이지 이상하게도 아직 몸값을 요구 안 하고 있어. 그냥 ‘쇼콜라를 맡고 있다. 경찰한테 말하면 네 산책 동영상을 뿌리겠다. 앞으로 지시하는 장소에 오도록 해라.’라는 메시지뿐이었어. 나중에 장소와 몸값 연락이 올지도 몰라. 실제로 몰래 찍힌 산책 동영상이 몇 개나 왔다고 하더라고. 아무래도 돌발적인 행동이 아니라 차분히 시간을 들여서 계획적으로 쇼콜라를 표적으로 삼은 것 같아.”

유리는 쇼콜라의 살랑살랑 움직이던 꼬리를 떠올렸다. 눈이 또랑또랑해서 참으로 영리해 보이고 살아 있는 헝겊인형처럼 사랑스러웠다. 음악에 맞춰 즐겁게 흔드는 몸도 귀여운 울음소리도 누구나 사랑스럽다고 이야기할 테다. 컬래버레이션을 한 잡화는 바로 품절되었다고 하고 쇼콜라가 오는 이벤트는 티켓이 바로 다 팔린다고 했다. 유리도 굿즈를 가지고 싶다고 생각할 정도로 귀여웠다.

“쇼콜라는 단순한 개가 아니에요. 연예인처럼 유명한 개예요. 이제 이거 경찰에 신고하는 편이 좋지 않을까요? 몰래 찍힌 산책 영상이 확산되는 것 정도면 괜찮지 않나요?”

“이 산책 영상이 아무래도 곤란한 모양이야.” 하고 겐 씨가 고개를 가로저었다.

"그 사람이 반대하고 있어요."라고 다케다 씨가 말했다.

"주인인 쇼야 씨, 미야시타 쇼야 씨한테 온 도촬 영상을 봤어요. 경찰서에 가고 싶지 않다고 주장하는 건 미야시타 씨 본인이에요."라며 다케다 씨가 어처구니가 없다는 듯 고개를 가로저었다.

"지금은 개에게 리드를 채우지 않는 산책, 노 리드 산책에 대한 비난이 심해요. 아무리 넓은 공간에 다른 개가 없었던 공터였다고 해도 조례로 노 리드 산책을 금지하고 있다는 자치체도 있을 정도니까요. 인플루언서로서 유명하면 할수록 이런 규칙을 위반하면 작은 일에도 심하게 공격당해요. 개의 변을 방치하는 것도 포함해서요. 이 이야기가 밖으로 드러나면 기업과의 콜라보는 모두 없었던 일로 되겠죠. 이벤트도 할 수 있을지 없을지도 모르고요."

충격적이게도 쇼콜라의 주인은 동영상으로 찍은 장면만 멋지게 편집하고 사람이 보지 않는 곳에서는 이냥저냥 돌보고 있는 모양이었다. 개도 키우지 않고 열렬한 팬도 아닌 자신이 이렇게나 실망하게 되니 팬이었다면 더욱 그러할 테다.

그건 그렇고 귀여워하던 쇼콜라의 생명보다 자신의 인플루언서로서의 자리가 더 중요한가 하고 미야시타라는 주인의 인성을 의심했다.

"주인인 미야시타 씨는 '스마트폰에 정신이 팔려서 배변을 알아차리지 못했다. 보고 있었더라면 확실히 치웠다'라든가

'이 동영상이 찍혔을 때는 우연히 비닐봉지가 없었다'든가 '병에 물을 넣어오는 걸 깜박했다'고 시종 변명만 하고 있어요."

"그 미야시타라는 녀석은 줏대 없이 변명만 하고, 주인으로서 제대로 된 자부심을 보여달란 말이야. 그날만 비닐봉지를 가지고 있지 않았다는 건 말도 안 돼. 아무도 안 보는 데서는 개의 대변도 소변도 치우지 않는 식으로 엉성하게 키웠을 거야. 혹시 노여움을 참다못한 누군가의 범행일지도 몰라."

겐 씨는 팔짱을 끼면서 말을 이어나갔다.

"그런데 나쁜 건 주인이지 개가 아니야. 무서운 건 아무 죄도 없는 개에게 위해가 끼칠지도 모른다는 거야. 인간의 유괴 사건은 검거율도 높은 데다 영리 목적으로 유괴를 했다면 무기징역 판결을 받을 수 있어. 유괴는 범죄자가 보기에 따라서는 잡히기 쉬운 데다 돈도 받기 힘들고 형벌도 무거워서 전혀 수지에 안 맞는 범죄야. 하지만 개는 달라. 가족처럼 예뻐하던 개가 유괴당했다고 해도, 그게 연예인처럼 유명한 개라도 적용되는 건 유괴죄가 아니라 절도죄야. 개를 죽여도 기물손괴죄에 해당하지. 같은 유괴라도 인간과 비교해서 훨씬 형벌이 가벼워. 주인을 괴롭히려고 개를 훔쳤다고 하면 최악의 상황도 생각해야 할지도 몰라……."

인플루언서로서 그야말로 몇 십 만 명이나 되는 사람에게 주목을 받고 있을 테다. 그중에는 즐거워 보이는 개와의 일상을 시기하는 사람도 있을지도 모른다.

그 귀여운 쇼콜라가 어디에서 어떻게 지내고 있을까. 심한 짓을 당하지는 않았을까 생각이 들자 일개 시청자인 자신도 괴로워졌다.

“주인인 미야시타 씨는 롯폰기 아파트를 갓 계약했대요. 앞으로 인플루언서로 활동할 수 없어지면 상당히 곤란한 사태로 번지는 거죠.”

“……그래서 경찰이 아니라 지역 반려견 네트워크를 제일 잘 아는 다케다 씨한테 울면서 매달린 거지. 몸값 교섭이 앞으로 시작될지도 모르니까. 쇼콜라를 되찾는 걸 만사 상담소가 도와줬으면 한다고.”

도와줬으면 한다고 하지만 이 쇼콜라 유괴사건, 마을회관 만사 상담소의 단순한 ‘강아지 교장 다케다 씨’와 ‘해결사 겐 씨’에게는 조금 짐이 무거울 것이다. 유리는 역시 경찰에 신고를 해야 한다고 생각했다.

“피해자는 팔로워수가 몇 십 만 명이나 되는 인플루언서예요. 일본 어디에서든지 동영상을 볼 수 있고요. 아니, 전 세계에서도 볼 수 있어요. 그렇게 간단히 찾을 수 있을까요? 범인도 혼자가 아니고 조직일지도 모르고요.”

다케다 씨는 이쪽을 가만히 응시하다가 입을 열었다.

“실은 이미 범인이 누군지 짐작이 가요. 늑대소녀라고 불리는 아이예요.”

늑대소녀라고 해도 늑대에게 길러졌다든가 보름달이 뜬 밤에 털이 수북하게 난다든가 하는 그런 여자아이는 아니다. 성이 오카미, 즉 늑대, 이름은 아키나이다. 그래서 이름 뜻대로 하면 늑대이긴 하지만, 이름이 아니더라도 늑대소녀라는 또 다른 이름이 정착될 정도로 문제아였다. 맹수 같다고 표현하는 건 절대 오버가 아니었다. 마음에 들지 않으면 바로 사람을 후려갈긴다. 선생님까지도 때린다. 분노의 스위치가 어디에 있는지 모르는 게 무서운 점으로, 같은 반에 배정되는 게 싫어서 다른 학군으로 이사를 간 아이도 많다고 했다. 왜 그렇게 툭 하면 싸우려고 드는지 알 수 없다. 아키나의 엄마는 외국인이라고 하는데 불행하게도 교통사고로 세상을 떠났다고 한다. 말도 그다지 유창하지 않아서 자신의 마음을 쉽사리 표현할 수 없으니 손이 먼저 나오는 모양이었다. 아버지는 있지만 따로 살고 있고 지금은 귀가 먼 할머니와 살고 있었다. 어디를 놀러 다니는지 그 집에도 들어오지 않는 일이 허다하다고 한다. 당연히 학교에는 친구도 거의 없었다.

초등학생 무렵부터 그런 상태였는데 중학생이 되자 키가 자라기도 해서 사고를 더 요란하게 쳤다.

무려 주차해 있던 차의 창문을 벽돌로 깨부수어서 안을 들추어놓은 모양이다. 중학생의 비행은 여러 명이서 저지르는 경우가 많지만 누구와도 뭉치지 않고 사고를 쳐서 실로 한 마리의 늑대라고 할 수 있었다.

그 이야기를 듣고 있던 유리는 머릿속으로 맹수 같은 여중생을 떠올렸지만 조금 궁금한 게 있었다.

"거친 여중생이 있다는 건 알겠는데 그 애가 이번 유괴 사건의 범인이라고 바로 단정 지어도 될까요? 예전에 나쁜 짓을 했다고 해서 그 애가 범인이라고 할 수 없죠."

정신을 차리고 보니 겐 씨가 가만히 이쪽을 응시하고 있었다.

"어, 왜 그러세요?"

"아니, 아무것도 아니야. 잠시 생각 좀 했어."라며 겐 씨가 머리를 긁적였다.

다케다 씨가 말했다.

"아키나는 개에 관해 지금까지도 같은 사건을 종종 일으켰어요."

겐 씨도 그 말을 듣고 고개를 끄덕였다.

"나도 처음에 이 이야기를 들었을 때 유리 씨와 같은 생각을 했어. 난폭한 중학생이 있어. 하지만 바로 강아지 유괴범이라고 단정 짓는 건 너무 지나친 게 아닐까 하고 말이지. 어디까지나 여러 명 있는 용의자 중 한 사람으로 생각하는 거지 확정은 아니야."

"전에 아키나가 저지른 사건이에요. 보세요."

다케다 씨가 스마트폰 안의 영상을 보여주었다.

하나 같이 개 사진이지만 뭔가 조금 이상했다.

개 얼굴에 매직으로 눈썹이 그려져 있었다.

"아키나는 어째서인지 개에 집착하는 습관이 있어요. 이 애들은 아키나가 눈썹을 낙서로 그린 개들이에요."

보면 개들이 하나같이 눈썹이 덧그려져 있어서 난처한 표정을 짓고 있다. 분노하는 다케다 씨와 진지한 표정으로 아무 말 없이 있는 겐 씨를 앞에 두고 웃어서는 안 되지만 웃음이 터질 것 같았다. 장례식 등 웃어서는 안 되는 자리에서는 묘한 일로 웃음을 멈출 수 없어지는 법이다. 만약 이걸로 웃음을 터뜨리면 사고방식을 의심받을지도 모른다며 유리는 필사적으로 배에 힘을 주었다.

"어쩜 이렇게 심한 짓을 했을까요. 이 애들은 마트나 편의점, 가게 앞에 묶여 있던 개들이에요. 주인과 떨어진 틈에 눈썹을 그린 거죠. 수성 매직이라서 바로 지워졌다고 해도 심한 장난이에요."라고 말하면서 다케다 씨가 사진을 밀어서 넘기자 다음에는 다케다 씨와 쏙 빼닮은 프렌치불도그가 나타났다. 가뜩이나 닮았는데 까맣게 눈썹을 그리자 눈썹이 진한 다케다 씨를 정말 아주 빼닮아 있었다. '닮았다'고 생각하자 이제 참을 수 없어져서 유리는 심하게 콜록거려 필사적으로 웃음을 억제했다.

"이 눈썹 강아지 사건 때도 범인이 어지간해서 안 잡혔어. 방범 카메라 각도를 사전에 계산해서 사각지대에서 개한테 다가갔던 거야. 잡혔을 때도 안색 하나 안 바뀌었고. 팔짱을 끼고서 '증거는?'이라고 해서 뻔뻔스러움에 놀랐지."

"그뿐만이 아니에요. 아키나는 마음대로 정원에 침입해 개를 만지거나 해서 주인들이 불쾌해해요. 아키나가 몇 번이나 담장을 넘었던 집은 아키나를 피하려고 결국 집 안에서 개를 키우기 시작했다고 들었어요."

그래서 늑대소녀라고 불리는구나.

"아키나는 쇼콜라한테도 집착했다고 해요. 늘 빤히 뚫어져라 응시하고 있어서 주인인 미야시타 씨도 불쾌했다고 하고요. 그 시선에서 심상치 않은 느낌이 들었대요."

숲속에서 사냥감을 발견한 늑대처럼 가만히 사냥할 기회를 엿보고 있었다는 걸까.

"그럼 그 아이는 몸값을 원하는 게 아니라 쇼콜라를 자신의 것으로 만들고 싶어 한다는 건가요?"

"못 키우죠……." 다케다 씨가 고개를 가로저었다.

"아키나네 집은 이렇게 말하기는 그렇지만 여유가 있는 편이 아니에요. 할머니 연금을 의지해서 살고 있는 듯하고요. 그 아이는 겨울에도 여름에도 헐렁한 노란색 후드 한 장만 입어요. 토이푸들은 인간과 마찬가지로 정기적으로 커트가 필요한데 커트 비용은 한 번에 8천 엔부터 9천 엔에 가까워요. 유명한 미용사한테 부탁하면 더 들 테고요."

"어라, 내 이발비는 천 엔이야."라며 겐 씨가 놀라워했다. 쇼콜라의 사랑스러움은 이런 투자에 따른 것이구나 하고 뼈저리게 생각했다. 여자아이와 마찬가지로 미용에 정성을 쏟아야 한다. 인기견도 여러모로 힘든 법이다.

"더구나 먹는 데도 신경을 써야 하고요."

"듣고 놀랐지 뭐야. 우리 시대에는 개밥은 잔반이라고 정해져 있었는데 요즘에는 다른가봐."

"네. 인간의 음식물에는 개가 먹기에는 염분이 너무 많다든가 해서 좋지 않아요. 오래 못 살아요."

그러면 중학생다운 생각으로 '이 귀여운 개를 훔쳐서 집에서 몰래 기르자'라고 생각했다고 해도 금전적인 면에서 무리라는 건가.

"그래서 말이야. 지금 그물을 치고 있어. 범인이 누구든 상담소 사람들은 전혀 경계하지 않을 거야. 개한테는 사료가 필요하다고 다케다 선생님이 말한 것처럼, 개를 유괴했다면 범인은 사료나 개를 돌보는 데 필요한 여러 가지를 사러 올지도 몰라. 난 방범 활동으로 대부분의 가게와 연결돼 있으니까 만약 평소에 개 용품을 사지 않는 사람이 사러 온다면 연락해달라고 전해놓았지."

그런데 그때 때마침 전화가 울리기 시작했다. 겐 씨가 휴대전화를 들었다.

"갈게요."라고 말하자마자 전화를 끊고 다케다 씨에게 "역시나였어. 아키나가 사료를 구입했다고 하는군."이라고 전했다.

두 사람이 나간 후 유리는 소노 씨와 얼굴을 마주했다.

"결국 강아지 유괴범은 아키나라는 여자아이였을까요? 중학생이 유괴 사건이라니 좀 믿을 수 없어요."

소노 씨가 "이러니저러니 해도 복잡한 아이 같네요……." 하고 한숨을 쉬었다.

"아직 범인이라고 정해진 건 아니지만 엄마가 세상을 떠나고 아빠와도 따로 살아서 그 아이를 돌보거나 그 아이에게 애정을 줄 어른은 할머니 한 분뿐이래요. 친부모가 아니라도 부모를 대신해서 정성을 쏟아줄 사람이 주변에 있으면 좋겠는데요. 중학교 때는 어떤 아이한테도 복잡한 시기인데 말이죠."

"이번 사건도 어쩌면 가족이 필요해서인 게 동기일까요……?"

그리 생각하자 마음이 아팠다. 중학교 2학년이라고는 하지만 아직 어린아이이다. 유리는 끌어안은 아오의 무게와 온기를 팔로 느꼈다.

그러자 누군가 계단을 달려 올라오는 발소리가 들렸다. "쇼콜라!" 하고 이름을 부르며 남자가 상담소로 들어왔다. 이 남자가 미야시타 씨일까. 인플루언서라고는 하지만 영상도 사진도 쇼콜라뿐이었기에 얼굴을 처음 봤다. 안경을 낀 남자였다. 나이는 30대 초반 정도일까. 평범한 직장인이 아닌 듯한 캐주얼한 분위기였다.

"아, 쇼콜라의 주인인 미야시타 씨죠? 저는 다케다 씨의 지인인 하치야마 유리라고 합니다. 이야기를 들었어요."

간단한 자기소개를 한 후 지금 상담소 방범 카운슬러가 문제의 여중생과 접촉하고 있다고 설명했다. 미야시타 씨는 다케다 씨로부터 연락이 왔는데 쇼콜라 건으로 이곳에 와줬으면 한다고 해서 불려왔다고 한다.

"쇼콜라는 어디에 있나요?"

미야시타 씨의 얼굴은 필사적이었다.

"문제의 중학생을 범인이라고 단정 지은 건 아니지만, 그 아이가 사료를 사고 있었나 봐요. 만약 그 아이와 함께 있다면 쇼콜라는 무사하다고 봐요."

말하면서 유리는 뭔가 묘하다고 생각했다. 구체적으로는 뭔지 알 수 없지만 설명할 수 없는 위화감을 느낀 것이다.

의자를 권하자 미야시타 씨는 앉았다. 다리는 내내 떨고 있었다. 어색한 침묵이 이어졌다.

그 후 겐 씨와 다케다 씨가 돌아왔다. 사이에 껴 있는 건 오카미 아키나였다.

유리는 '중학생이 유괴 사건의 범인일 리가 없다'는 마음이 뒷걸음질 치는 걸 느꼈다. 직접 자른 듯한 부수수한 머리카락 사이로 보인 것은 충혈되고 눈초리가 치켜 올라간 눈이었다.

엄마한테 물려받은 것인지 그 눈동자색은 옅은 회색이 감돌고 있었다. 노란색 후드는 전체적으로 꾀죄죄했고 걷어 올린 소매와 반바지에서는 근육이 붙은 날씬하고 탄탄한 팔다리가 뻗어 있었다. 전체적인 인상은 바로 젊은 늑대 같았다.

설마 울음소리까지 내지는 않겠지만 대화할 방법이 없는 이질적인 분위기를 느꼈다.

"네가 훔쳐갔지?! 쇼콜라는 어디에 있어?!"

멈출 새도 없이 미야시타 씨가 아키나를 향해 달려들려고 했다.

"당신, 잠시만 있어봐요. 이 애가 유괴했다는 증거는 아직 어디에도—" 하고 겐 씨가 가로막으려고 한 순간 아키나는 몸을 흔들어서 인간이라고 생각할 수 없는 동작으로 재빨리 사각지대로 돌아가 미야시타 씨의 엉덩이를 힘껏 걷어찼다.

"잠시만 기다려!"

유리가 저지하려고 한 순간 불온한 분위기를 감지했는지 아오가 엄청난 소리로 울기 시작했다. 다케다 씨는 반격하려고 하는 미야시타 씨를 막았고, 거기로 겐 씨도 가세해서 상담소 방은 혼란스럽기 그지없었다.

"여러분. 진정해요."

소노 씨가 한가운데에 불쑥 섰다.

신기하게도 보육교사 경력 50년에 지금까지 원생들의 싸움을 몇 번이고 중재해왔을 소노 씨가 방 한가운데에 서자 분위기가 누그러들었다. 아오의 울음소리가 품안에서 멎어갔다.

"아키나도 하고 싶은 말이 있을 거예요. 우선 어른들은 듣도록 하죠."

부드럽게 울려 퍼지는 그 목소리 덕분에 저마다 이성을 되찾았다. 강아지 교장 다케다 씨, 아키나, 겐 씨가 의자에 앉았다. 그에 상대하듯이 소노 씨, 아오를 안은 유리, 미야시타 씨가 앉았다.

미야시타 씨는 걷어차인 엉덩이를 문지르면서 아키나를 노려보고 있었지만 아키나는 속이 시원한 표정이었다. 여중생이 성인 남성에게 혼이 나서 궁지에 몰리면 울거나 주눅이 드는 게 보통인데 태연해서 왠지 오싹했다. 이 아이는 지금까지 어떤 생활을 해온 걸까.

"이분은 쇼콜라의 주인인 미야시타 씨야."

"알아. 동영상도 찍었으니까."

아키나는 아무렇지도 않게 답했다.

그렇다는 말은 역시 이 아이가 유괴범인 건가. 유리가 아키나를 응시하자 거부하는 듯한 날카로운 시선으로 이쪽을 노려보았다.

"단도직입적으로 물을게. 쇼콜라는 지금 어디에 있어?"

"말 안 해."

겐 씨가 물어보자 아키나는 입술을 일그러뜨렸다.

"잔말 말고 말해! 어디야?" 미야시타 씨가 고함을 질렀다.

“얼른 경찰서에 신고하면 되잖아. 동영상은 확산될 테지만. 인기 폭발인 쇼콜라가 악플을 받는다니 최고네.”

도발적인 태도에 눈썹을 실룩거리며 다케다 씨가 입을 열었다.

“아키나. 개는 가족이야. 우리도 모쪼록 부탁할게. 주인 곁으로 돌려보내줘.”

“가족? 주인인 이 녀석이 신경 쓰는 건 방문자 수가 어떻게 해야 급증하는지, 어떻게 찍어야 예쁘게 나오는지 하는 것뿐이야.”

어른을 바보 취급하는 태도에 현기증이 났다.

겐 씨가 입을 열었다.

“너희 집에 쇼콜라가 없는 건 알고 있어. 한 번 더 물어볼게. 쇼콜라는 어디로 빼돌렸어?”

아키나의 안색이 바뀌었다.

“할머니가 심한 개 알레르기인 모양이던데. 개털 때문에 호흡곤란이 일어날 수도 있지. 그래서 개는 키울 수 없어. 그렇지?

그때 아키나는 처음으로 겐 씨의 얼굴을 보았다.

“어떻게 알아?”

“할머니, 할아버지의 이웃 네트워크를 우습게 보면 안 되지.”

미야시타 씨가 당황했다.

"어…… 쇼콜라가 이 녀석의 집에 없다면 어디로 간 거지? 어디로 보낸 거야?"

"가르쳐주는 대신 조건이 있어. 지금부터 말하는 장소에 같이 가는 거야."

다케다 씨가 발을 쿵 굴렀다.

"개를 인질로 잡고 넌 어쩜 그렇게 심한 짓을 하는 거야……."

다케다 씨의 얼굴이 분화할 듯 새빨개졌다.

"차 운전할 수 있는 사람 있어? 쇼콜라가 있는 곳으로 안내할게."

미야시타 씨도 엄청난 시선으로 노려보고 있었지만 아키나는 시니컬한 미소를 지었다.

"이대로라면 쇼콜라를 영원히 못 찾을 거야. 사료랑 물이 없다면 개가 며칠 정도 살 수 있을까. 재미있는 실험이 되겠네."

소리 내서 웃고 있었다. 이 애는 도대체 뭐지?

아무래도 아키나는 쇼콜라를 집 말고 다른 곳으로 이동시킨 모양이었다.

다케다 씨가 운전하는 차를 타고 주인인 미야시타 씨와 아키나와 유리 넷이서 지정한 장소로 향하게 되었다.

"아키나는 여중생이잖아요. 어른 남성 몇 명이서 차에 태워 어딘가로 데리고 가면 오해하는 사람도 있을 거예요. 나중에 그런 일로 뭔가 문제가 될지도 몰라요.”

출발하기 전에 소노 씨가 그리 말해서 아오를 맡기고 동행하게 되었다.

겐 씨는 “나는 신경 쓰이는 게 좀 있거든.”이라며 차에 타지 않고 어딘가로 가겠다고 말했다. 뭔가 조사하고 싶은 게 생긴 모양이었다.

다케다 씨의 차는 큰 밴으로 강아지들을 태우기 위해서인지 짐칸 부분이 넓었다.

앞에는 다케다 씨와 미야시타 씨가, 두 번째 줄에는 아키나와 유리가 타고 있었다.

두려웠다.

엮이고 싶지 않았다.

유리는 생각했다. 중학교 2학년이라고 하면 한창 반항기일 테다. 더구나 어른을 걷어찰 정도로 폭력적인 여자아이이다. 아키나가 무슨 생각을 하고 있는지 전혀 알 수 없었다.

그 귀여운 아오도 앞으로 10년이 지나면 ‘시끄러 할망구’라고 말하기 시작할까 하고 생각했더니 유리는 어두운 기분이 들었다.

유리는 좌석 구석에 웅크리고 앉아 창밖만 응시하고 있었다. 다리를 털렁 내던지고 몸을 뒤로 젖히고 있는 아키나 쪽이 훨씬 더 당당해 보였다.

아키나는 ‘여기’라든가 ‘오른쪽’이라든가 ‘앞으로’라고 간단히 지시를 하기 시작했다.

차를 타고 1시간이 걸렸다. 개발돼서 쇼핑몰이나 공원, 새로운 공동주택이 나란히 늘어선 도시의 중심부를 벗어난 곳은 참으로 아무것도 없는 시골이었다. 녹슨 다리를 건너 밭 안의 오솔길에 도착해 민둥산을 빙그르 우회해서 곁길로 들어간 묘한 장소였다. 주변에 민가는커녕 건물도 보이지 않았다. 그저 찾고 있는 건물이 우두커니 있을 뿐이었다.

창문이 적은 창고나 공장 같은 외관을 한 단층집이었다. 이런 곳까지 아키나는 자전거로 왔을까. 분명 자전거 운전을 잘하는 중학생이라도 2시간 이상은 걸렸을 게 분명했다. 더구나 개를 짐받이에 태웠을 테다. 중학생 한 명이라면 아마도 어려울 것이다. 운전할 수 있는 공범이 있을지도 모른다.

이렇게 외진 곳에 일부러 숨길 필요가 있을까 언뜻 생각했다.

아키나는 차에서 내려 "쇼콜라 이 안에 있어."라고 말했다.

"여긴 뭐지?"라고 다케다 씨가 말했다. 그 말에 답하지 않고 아키나는 아무 말 없이 건물을 열었다.

아키나가 열쇠를 가지고 있다는 건 아키나와 관련된 건물인 게 틀림없다. 여기는 대체 뭘까. 발을 들이민 방에는 천장에 닿는 큰 장식장이 있었다. 업무용인지 사료가 산처럼 쌓여 있었다. 세제 같은 병도 구석에 많이 있었다. 사료 공장인가 유리는 생각했지만 그런 것치고는 직원 등의 기척이 없었다.

조용했다. 어딘가의 폐허 같다고 유리는 생각했다.

채광창에서 비스듬히 햇빛이 비쳐들고 있었다. 그 안에서 먼지가 반짝이고 있었다.

장식장 옆에 문이 있었다. 아키나가 망설이지 않고 그곳을 열자 어둑어둑한 통로로 이어져 있었다. 막다른 곳에 있는 문에 불투명 유리가 빛나고 있었고 안에 자리한 방이 묘하게 밝다는 걸 알 수 있었다. 소리도 나지 않고 사람의 기척도 나지 않는 듯하지만 조명이 매우 밝게 켜져 있는 듯했다.

"쇼콜라는 이 안에 있어. 찾아봐." 하고 아키나가 문을 열자마자 유리는 눈앞에 펼쳐진 광경에 놀라서 숨을 멈추었다.

그 방은 새하얀 타일이 발린 공간으로 중앙에는 거대한 우리가 있었다. 그 우리에는 촘촘히 칸막이가 되어 있었다. 한 구획의 우리 안에 한 마리씩 들어가 있던 건 전부 쇼콜라와 같은 견종의 토이푸들이었다. 그 수는 수십 마리였다.

뭔가 이상했다.

이렇게나 많은 토이푸들이 이쪽을 보고 폴짝대거나 맹렬히 으르렁대고 있는데 소리가 전혀 나지 않았다.

유리는 귀가 이상해졌다고 생각해서 자신의 귀에 손바닥으로 살짝 대보고 뗐다.

대신해서 이상한 소리가 난다는 걸 알아차렸다.

힉힉힉힉, 하고 쉰 목소리였다.

수십 마리의 개가 있는데 이 방에는 생명의 온기가 느껴지지 않았고 개들은 연구실에서 실험을 기다리는 듯했다.

"뭐지 여긴……." 유리가 읊조렸다. 다케다 씨도 미야시타 씨도 얼굴색을 잃어갔다.

그때 주머니에 넣었던 스마트폰이 진동했다. 유리는 놀라서 어깨를 흠칫 떨었다. 보니 겐 씨로부터 온 전화였다.

"겐 씨, 왜요?"

"쇼콜라를 찾았어. 역시 아키나의 유일한 친구가 맡아주고 있었던가봐. 주인한테도 전해줘."

무사하다는 증거로 사진도 보내주었다.

"쇼콜라를 찾았나봐요."

미야시타 씨에게 말하고 사진을 보여주었지만 유리는 상황을 잘 파악할 수 없었다. 그렇다면 왜 거짓말을 해서 어른들을 이곳으로 데려올 필요가 있었을까.

그럼 이곳은 대체…… 뭘까?

널찍한 방에 목이 쉰 듯한 개의 힉힉힉 하는 소리만 메아리치고 있었다. 유리는 아키나의 눈을 보았다.

"쇼콜라는 다른 장소에 있었어. 왜 그런 거짓말을 한 거지? 아키나, 이곳은 대체 뭐야?"

아키나는 오도카니 읊조렸다.

"그래요. 쇼콜라가 여기 있다는 건 거짓말이에요. 친구가 맡아주기로 했어요."

개의 우리를 응시하고 있는 아키나의 눈에서는 상담소에서 보여준 도전적인 모습은 사라져 있었다. 그 눈에는 빛이 아니라 절망의 색이 떠 있었다.

아키나는 거칠고 난폭한 모습을 보여줬지만, 실은 머리 회전이 아주 빨랐을지도 모른다. 조금 전에 가지고 있던 위화감을 마침내 알 수 있었다.

개에게 눈썹을 그렸을 때는 방범 카메라에 찍히지 않도록 사각지대에서 다가갔던 아이가 어설프게 사료를 사는 모습을 드러낼 리가 없다.

일부러 카메라에 잡히도록 미야시타 씨에게 자신의 인상을 심어주고 애매한 메시지를 보냈던 것이다. 그리고 더욱 단서가 될 수 있도록 사료를 사는 모습도 보였다고 한다면 어떨까. 이 아이의 목적은 처음부터 유괴가 아니다. 그렇다면 왜 이런 곳에 어른들을 데리고 올 필요가 있었을까. 이곳은 어떤 곳일까?

유리는 용기를 쥐어짜내 아키나의 정면에 섰다. 아키나가 키가 더 컸다. 하지만 그 눈에 조금 전까지 보이던 공격성은 없었다. 무언가에 두려움을 느끼는 평범한 중학생처럼 보였다.

"저기…… 아키나. 이곳에 우리를 데리고 온 이유가 분명히 있지? 넌 그냥 개를 유괴한 게 아니야."

아키나는 고개를 잠시 숙이고 있다가 갑자기 소리 내서 엉엉 울기 시작했다.

아키나를 달래는 동안에 미야시타 씨는 스마트폰으로 개를 촬영하면서 돌아다니고 있었다. 다케다 씨도 "이게 무슨 일이야……."라고 말하면서 한 마리씩 건강 상태를 확인하고 있었다. 개들이 하나같이 다케다 씨가 만지려고 하면 떨었고 우리 구석에서 몸을 웅크렸다. 사람의 존재 자체가 두려운 듯했다.

유리가 물었다.

"다케다 선생님, 여긴 대체 뭔가요?"

"이곳은 개 사육장인 것 같아요. 아니…… '번식장'이라고 해야겠죠."

다케다 씨의 설명에 따르면 양심적인 뜻을 가진 사육사가 있는 반면 강아지를 대량으로 낳게 해서 늘리는, 개를 그저 돈벌이 수단으로밖에 보지 않는 업자도 있다고 한다. 그들은 사육사와는 구별되어 '번식사'라고 불린다.

동물보호관리법이 개정되어 사육장에는 세세한 규정이 생겼다. 혈통서가 있는 강아지를 낳게 하기 위한 번식견도 하루에 세 시간은 운동 공간에서 자유롭게 운동을 시켜야 한다. 그 밖에도 마릿수, 번식 횟수까지 엄격한 규정이 있다. 창문으로는 운동 공간이 있는 게 보였지만 아무리 봐도 사용한 흔적이 없고 키가 큰 잡초로 뒤덮여 있었다.

그런데도 이 견사는 형태만 확실히 규정을 지키고 있다고 할 수 있었다. 그래서 지금까지 문제가 되지 않았다. 누구도 문제로 삼을 수 없었을지도 모른다.

아키나가 이곳에 어른을 데리고 올 때까지는 말이다.

"이곳은 우리 아빠가 운영하는 사육장이에요."라고 아키나가 불쑥 말했다.

모두가 조용해졌고 아키나가 말을 이어나가기를 기다렸다.

"우리 할아버지는 개 사육사였어요. 시바견을 좋아해서 어떤 사람에게 팔려가는지 그 사람이 확실히 예뻐해주는지 정확하게 알 때까지 개를 팔지 않았어요. 아무리 돈을 주겠다고 해도 팔지 않았고요. 나도 산책이나 운동, 견사 청소를 자주 도와줬어요."

아키나는 자신의 손을 가만히 응시했다.

"어릴 적에 엄마 나라와 일본에 왔다 갔다 했어요. 그 무렵에는 말을 잘 못해서 이야기하는 게 너무 힘들었어요. 아무도 친구 무리에 넣어주지도 않았어요. 그래도 개들은 나와 늘 친했어요. 달리거나 놀거나 산책을 하면서요. 다들 귀여운 내 형제들이었어요."

다케다 씨가 고개를 끄덕였다.

"지금 이 견사를 우리 아빠가 경영하고 있어요. 모습은 보이지 않지만 지금 어딘가에……."

다케다 씨에게 들어본 바에 따르면 보통 사육사는 하루 종일 개를 돌보는 일에 쫓기다시피 하는 모양이다. 건강관리,

운동, 양질의 사료 배부. 시간이 아무리 많아도 부족하다고 한다.

"아빠는 없어요." 아키나가 단언했다.

"여기서 기다리고 있으면 아빠랑 이야기할 수 있니?"라고 다케다 씨가 물었다.

"아마 2, 3일은 안 올 거예요."

아키나는 말하고서 우리 옆의 파이프를 가리켰다.

"밥시간이 되면 하루 먹을 양의 사료가 이 파이프에서 데굴데굴 굴러 나와요. 물도 그래요. 화장실은 우리 밑에 그대로 싸면 돼요. 시간이 되면 모든 우리가 위로 올라가요. 타일 위로 물이 자동으로 흘러가고요. 온도도 빛도 청소도 하나같이 전부 다 자동이죠. 그래서 개는 많지만 아빠 혼자서 관리할 수 있어요. 이곳에 오지 않아도 카메라가 달려 있어서 며칠이든 몇 주든 원격으로 사료를 줄 수 있고요."

오싹했다. 그런 건 공장이지 않은가.

유리는 언젠가 텔레비전에서 봤던 식물 공장을 연상했다. 선반에 쭉 나란히 놓인 양상추가 빛 속에서 전자동으로 커졌다. 수확도 로봇이 했다.

"하지만!" 아키나가 소리쳤다. "개한테도 마음은 있어요. 이렇게 자라고 싶지 않을 거예요. 이 아이들은 우리 바깥으로 한 발자국도 못 나가요. 소리도 못 내요. 여기서 그저 강아지를 계속 낳다가 죽어요. 바깥에는 기쁜 일도 한가득인데, 뛰어다닐 때 기분 좋게 느껴지는 바람이라든가 눈이 오는 날에 노는 즐거움이라든가 아무것도 모른 채 이 애들은 이 우리에서 죽어요. 도와주세요. 제발 이 애들을 구해주세요!"

힉힉 울던 개들이 고요해졌다. 개도 숨을 죽이고 아키나를 가만히 응시하고 있는 듯했다.

유리도 마침내 알았다.

법에 위반되지 않는 한 동물보호단체도 경찰도 손쓸 수 없다. 작업하는 건 아빠 혼자다. 아무도 견사 안에 들어갈 수조차 없다. 그래서 어른을 이곳으로 부른 것이다. 그것도 제일 효과적인 둘을 데리고 왔다. 강아지 교장 다케다 씨와 인플루언서인 미야시타 씨를.

다케다 씨가 말했다.

"아무리 이유가 있다고 해도 아키나가 한 행동은 용서받을 수 없어요. 일시적으로라도 가족을 빼앗긴 미야시타 씨의 고통은 상상하는 것도 괴로운 일이죠."

다케다 씨의 말에 미야시타 씨는 화가 난 듯 한숨을 쉬었다.

"이런 심한 행동을 하지 않아도 불러주면 얼마든지 협력했을 거야! 왜 이런 짓을……."

"메시지를 몇 번이나 보냈어요."

아키나가 말하자 미야시타 씨는 겸연쩍은 듯 우물거렸다.

"스팸 메일이 많이 오니까 섞여서 놓친 걸 거야."

"미야시타 씨뿐만 아니라 여러 인플루언서한테도 보냈어요. 그런데 아무도 안 도와줬어요."

아무 말 없이 우두커니 선 미야시타 씨에게 아키나가 말했다.

"미야시타 씨의 쇼콜라는 펫숍에서 샀죠?"

어느 펫숍 이름을 거론하자 미야시타 씨가 아키나의 얼굴을 힘없이 쳐다보았다.

"쇼콜라는 이곳에 없어요. 그래도 쇼콜라의 아빠와 엄마는 이곳에 있어요."

개들은 아키나를 보고 일제히 꼬리를 흔들고 있었다.

마을회관으로 돌아오는 차 안에서도 아키나는 드문드문 이야기를 했다. 할아버지가 죽고 나서 아빠와 엄마가 이혼한 것. 아빠가 견사를 이어받았을 무렵 생활을 돌봐주던 할머니가 개 알레르기에 걸린 것. 그래서 아키나와 아빠는 떨어져 살게 되었다는 것도 이야기했다.

사육장은 아빠 대에서 인건비가 올라 아르바이트 인원을 줄이면서부터 개들을 돌보는 일에 손길이 미치지 못해 심한 상태가 되었다고 한다. 개들을 위해서라며 무급으로 마지막까지 남았던 아르바이트생이 보다 못해 동물단체에 보고했던 일을 계기로 아키나의 아빠는 사육사 일을 관둘 수밖에 없었다고 한다. 그로부터 아빠 혼자 개를 관리하게 되었다. 엄마의 교통사고 사망보험금으로 큰돈이 수중에 들어온 것도 계기였다. 다음 견사는 동물보호단체나 경찰, 외부 인간에게 절대로 개입받지 않도록 세심한 주의를 기울였다. 그렇게 만들어진 것이 지금의 형태의 '개공장'이었다.

마을회관으로 가기 전에 아키나의 친구인 고모리 지사네 집에서 쇼콜라를 데리고 가게 되었다. 그 집 문이 열리자마자 쇼콜라가 총알 같은 기세로 달려와 미야시타 씨의 품으로 뛰어들었다. 개는 울지 않지만 눈물이 나온다면 분명 울고 있었을 테다. 끼잉끼잉 하고 콧소리를 냈고 미야시타 씨도 쇼콜라를 안고서 눈물을 글썽였다.

그 모습을 앞에 두고 아키나가 "이런 행동을 해서 정말 죄송합니다."라고 고개를 숙였다. 쇼콜라를 맡고 있던 친구인 지사도 "죄송합니다."라며 함께 고개를 숙였다.

지사는 아키나와는 대조적으로 키도 작고 내성적이며 어른스러운 중학생이었다. 도무지 둘이서 짜고 유괴 사건을 일으킬 만한 아이로는 보이지 않았다. 유리는 내심 놀라고 있었다.

"난 절대 용서 안 해."라고 하던 미야시타 씨는 쇼콜라를 안은 채 아키나와 지사를 노려보았지만, "견사에 있던 그 아이들이 전부 다 행복해질 때까지 용서 안 해."라고 고쳐 말했다.

"나도 좋은 주인이라고는 말 못하지만 쇼콜라는 나한테 단

하나뿐인 가족이야. 얼마나 괴로웠는지 설명해도 모를 거야. 이제 이런 일은 절대로 하지 말아줘."

아키나도 지사도 움츠러든 채 미야시타 씨의 이야기를 듣고 있었다.

"하지만 그렇게까지 해서 그 개들을 어떻게든 하고 싶었던 너희의 마음도 잘 알겠어. 그러니 나도 할 수 있는 일은 해볼게. 너희를 위해서가 아니야. 그 개들을 위해서지."

그때 좋은 타이밍에 쇼콜라가 멍 하고 귀엽게 짖어서 험악했던 미야시타 씨의 표정이 누그러들었다. 보고 있던 유리도 마음이 평온해졌다.

개를 가족처럼 소중하게 애지중지 키우는 양심적인 마음을 가진 사육사가 있는 반면, 개를 완전 돈을 버는 도구로밖에 보지 않는 '번식사'도 존재하는 것을 알고서 유리는 충격을 받았다. 펫숍에서 귀여운 강아지를 보면 마음이 온화해지지만 펫숍에 올 때까지 모견과 강아지가 어떤 취급을 받아왔는지는 고객이 모른다.

그건 그렇고 겐 씨는 어떻게 해서 쇼콜라의 거처를 알아냈을까.

겐 씨는 한발 빨리 아키나의 행동에서 위화감을 느꼈다고 한다. 도둑이 훔친 물건을 숨기는 곳은 대개 집 바닥이나 천장 위 등 자신의 영역에 있는 어딘가라고 한다. 쇼콜라는 살아 있는 생물이기 때문에 그런 장소에는 숨길 수 없다. 그렇다면 영역하에 있는 인간인 누군가일 거라고 주시했다. 아키나와 친하게 지내는 사람이 거의 없다는 건 조사해서 알았다. 후보로 올라온 사람은 아키나와 단 한 사람, 사이좋게 지내고 있다고 하는 친구, 고모리 지사뿐이었다. 개를 화제로 삼아 '해결사 겐 씨'답게 맨 처음에 '그날 어디에 있었는지' '무엇을 하고 있었는지' 캐물었다. 지사의 이야기에서 모순점을 물고 늘어져 상대를 뒤흔들어 "경찰서에는 이미 신고를 했어. 그렇다면 과학 수사도 하게 될 테니 계속 숨길 수 없을 거야. 장래에 곤란한 일이 없을지 걱정이군."이라고 타이르거나, "너와 난 같은 동네에 사는 이웃이야. 지금 말하면 아키나나 누구한테도 나쁜 짓은 하지 않아. 모든 걸 믿고 맡겨줬으면 해."라고 설득해서 마침내 지사가 자백을 하는 데 이르렀다.

그 지사가 "모두에게 하고 싶은 말이 있어요."라며 아키나를 데리고 상담소를 방문한 것은 사건 후 얼마 되지 않아서였다.

"아키나에 대해서 말하고 싶어요."

아키나는 지사의 옆에서 작게 말했다.

"내 이야기는 됐어……."

그런데도 지사는 물러서지 않았다.

"어떻게 해서든 모두가 알아줬으면 하는 이야기가 있어

요."

지사는 그리 말하더니 천천히 이야기하기 시작했다.

"그건 지금으로부터 1년 전, 여름방학이 시작된 날이었어요. 도서관에서 집에 가는 길이었고 비교적 시원했던 아침과는 다르게 해가 쨍쨍 비쳤던, 햇살이 눈부셨던 날이었던 걸 똑똑히 기억하고 있어요. 저는 차를 봤어요. 공원 옆길 아세요?"

유리가 "그 길에는 택시가 종종 서 있지?"라고 말했다.

겐 씨도 "거기는 통행도 별로 없고 도로 전체가 공원 나무 그늘로 돼 있지. 택시 운전사 사이에서는 좋은 휴식처로 알려져 있어."라고 덧붙였다.

"아무 생각 없이 주차돼 있던 그 차창을 보다가 눈이 마주쳤어요. 개가 있었거든요."

상상해보았다. 여름 날, 닫힌 창문, 주차된 차, 안에 개.

"그 개는 괴로운 듯이 헉헉대고 있었어요. 초목 그림자가 움직여서 차 앞부분에 햇살이 비춰졌어요. 검은 차였어요. 시험 삼아 건드렸더니 뜨거워서 화상을 입을 정도였어요."

"주인은 없었어?"

"없었어요. 시동도 안 걸려 있어 에어컨도 꺼져 있었어요. 이대로 태양이 계속 움직이면 전체 다 햇살이 비춰져서 분명 차 안이 사우나처럼 될 것 같았어요."

가뜩이나 개는 털이 있으니 더위에 취약하다.

"그래서 어떻게 했어?"

"저는 지나가는 어른한테 '안에 개가 있어요'라고 말을 걸었어요. 하지만 그 사람은 '아마 주인이 바로 돌아오지 않을까?'라고 말하며 그냥 지나갔어요. 개가 더더욱 헉헉대며 이쪽을 보고 끄응끄응하고 울었어요. 저는 그 목소리가 더워, 구해줘라는 것처럼 들렸어요."

"창문은?"

"물론 전부 닫혀 있었어요. 물도 없었고요."

그건 난처하다. 주인이 돌아오는 게 먼저일지, 개가 죽는 게 먼저일지…….

"주인이 근처 편의점에 있을지도 모른다고 생각해 다급히 가서 출입구에서 차 번호를 외쳤어요. '이 번호 차주 있어요?! 차 안에 개가 있어요!'라고요. 하지만 손님들은 이쪽을 힐끗 보더니 아무도 나서주지 않았어요. 마트에도 가서 방송으로 불러봤어요. 하지만 주인은 나타나지 않았어요."

쨍쟁, 그늘이 이동하는 것이 보이는 듯했다.

"저는 용기를 내 공원 공중전화로 112에 전화를 해봤어요. 안에 있는 게 개라는 걸 알자 '아마 주인이 바로 돌아올 거야'라며 '나중에 순찰하러 갈게'라고 느긋한 목소리로 말했어요. 개가 녹초가 된 걸 알았어요. 더 이상 울지도 않았거든요."

차 옆에서 울먹이는 지사의 모습을 상상했다.

"차 문을 열려고 해도 전혀 열리지 않았어요. 그러던 차에 아키나가 지나갔어요. 낯은 익었지만 그때까지 이야기한 적이 한 번도 없었어요. 개가 차에 갇혀 있다는 걸, 이제 곧 죽을지도 모른다는 걸 이야기하자 '잠시만 기다려봐'라고 아키나가 말하더니…… 공원에서 벽돌을 가지고 왔어요."

머릿속에 떠오른 것은 아키나가 화단에서 사용할 법한 큰 벽돌을 어깨에 짊어지고 오는 모습이었다.

"아키나는 턱으로 위쪽을 가리키더니 '공원에 방범 카메라 있는 거 보이지? 넌 떨어져서 사각지대까지 가 있어'라고 했어요. 망설이고 있으니 '얼른 가, 개가 죽어'라고 말하고 이쪽을 노려봤어요."

유리는 벽돌로 차창을 박살나도록 깨는 모습을 상상했다. 유리가 깨지는 엄청난 소리가 주변에 울려 퍼졌다.

"아키나는 아무렇지 않은 모습으로 차 문을 열어서 축 늘어진 개의 줄을 잡아당겼어요. 건드리자 개의 몸이 뜨거웠고 숨도 얕았어요. 그길로 둘이서 공원으로 가 개 몸에 수도꼭지로 물을 끼얹으니 배도 등도 많이 식었어요. 개가 점점 활기를 되찾아서 우리 얼굴을 핥기까지 했어요. 차 안에서 가지고 온 줄로 개를 나무 그늘에 묶어놨고요. 용돈으로 컵에 담긴 아이스크림을 사서 둘이서 반씩 나눠 먹고 거기다가 물도 넣어 줬어요."

그렇다면 아키나가 일으킨 차량털이 사건이라는 건 바로 이것이다.

"하지만 바로 다른 각도에 있던 방범 카메라 때문에 아키나가 했다는 걸 들켰어요. 아키나는 나에 대해 전혀 말하지 않고 '자기 혼자서 했다'고 주장했어요. 실은 개를 구하고 싶었다는 이유였는데. 여중생이 주차 중인 차를 털었다고 소문이 났어요. 아무래도 주인은 개를 안에 넣어놓은 채 파친코를 하러 갔다는 걸 아내한테 들키고 싶지 않았나 봐요."

"됐어. 그건 이제…… 예전 일이니 이젠 딱히 누가 뭐라고 생각하든 아무래도 상관없어."라고 아키나가 작게 말했다.

"그래도 확실히 말해야지. 이 상담소 사람들은 우리의 아군이 돼줄지도…… 몰라."

지사가 이쪽을 불안한 듯 힐끗 보았기 때문에 유리는 한 발 앞서 그래그래, 하고 고개를 끄덕였다.

겐 씨가 팔짱을 꼈다.

"주차된 차를 엉망으로 만드는 녀석 말고도 도둑질을 하는 녀석이 신경 쓰는 건 소리야. 소리를 안 내고 유리를 깰 방법은 얼마든지 있는데 그 사건이 일어났을 때 요란하게 벽돌로 깬 건 묘하다고 생각했어. 더구나 값어치가 나가는 게 바깥에서는 보이지도 않는데 주차된 차 안의 물건을 훔칠 녀석은 없거든. 피해가 차 유리뿐이라는 건 있을 리 없지. 대체 안에서 뭘 훔쳤다는 거지 싶더라고."

"개가 있는 집 마당에 마음대로 들어간 것도 그래요. 강아지일 무렵에만 귀여워하고 커지니 질렸는지 마당에 묶어놓은 채 잔반만 먹였어요. 아키나는 그 개들을 위해 간식 샘플을 모아서 버젓한 먹이를 준비했어요. 진흙으로 더럽혀져 엉켜 있던 털도 빗어주고요. 연고도 가지고 가서 상처에 발라주기도 했어요."

다케다 씨가 어느 집 이름을 대고 "잘 봤구나. 거긴 개한테 심하게 대했지……."라고 읊조렸다.

"하지만 하면 할수록 그 개들의 집에서 미움을 받았어요. 자신들이 제대로 돌봐주지 않는 걸 바깥에서 지적받는 게 싫었을지도 몰라요."

다케다 씨가 고개를 끄덕였다. "그 집에는 결국 동물보호단체가 개입을 해서 지금은 다른 입양처에서 데려갔어. 그곳에서 충분히 귀여움을 받고 있으니 안심해."

그 말을 듣고 두 사람은 "다행이야……."라며 진심으로 마음을 놓았다.

"개 눈썹도 그래요. 쇼핑하러 가서 개를 묶어놓기만 했어요. 그사이에 개가 아무리 낑낑 울어도, 춥고 시린 날에도 개의치 않고 개 주인은 쇼핑에 열중했죠. 추위, 더위, 비 어떤 상황에서도 개는 기다리는 것밖에 할 수 없어요. 그걸 보고 아키나는 수성 매직으로 눈썹을 그리고 다녔어요. 개를 가게 바깥에서 오래 방치하는 걸 관두게 하려고 말이죠."

그래서 눈썹이었구나. 유리는 생각했다.

"가게 앞에 묶어 놓으면 못된 장난을 당할지도 모른다는 소문이 퍼져서 그 후로는 개를 가게 바깥에 묶어놓아도 주인은 서둘러 돌아오게 되었죠."

이렇게 개를 통해 대조적인 두 사람은 친해진 모양이다.

"저도 아키나도 둘 다 개를 좋아해서 쉬는 시간에는 개 이야기를 하거나 주말에는 우리 집에서 놀기도 해요. 그럴 때 아키나가 개를 사육하는 아버지에 대해서 상담해왔어요. 아키나는 무척이나 괴로운 듯했어요. 옛날에는 아빠도 그런 식으로 사육하지 않았는데 어째서일까 하고 엄청 고민했어요."

"그 우리 안의 개를 구해내려고 했어?"

아키나에게 물어보았다. 아빠가 사육장에 없으면 개를 데리고 나오려고 몇 번인가 시험해봤을지도 모른다.

"구해내도 또 바로 새로운 개가 오면 결국 같아요. 그래서 어떻게든 개 사육장 자체를 관두게 해야 한다고 생각했어요."

아키나가 고개를 숙이고 말을 이어나갔다.

"맨 처음에는 사육장 동영상을 찍어서 SNS로 확산시키려고 했어요. 하지만 팔로워도 별로 없고 이름도 장소도 확실히 적혀 있지 않아서 그 게시물는 전혀 퍼지지 않았어요. 그래서 누군가 반려견과 관련해서 유명한 인플루언서가 이 문제를 다루어주면 어떨까 싶었어요. 여러 사람에게 메시지를 보내봤어요. 그런데도 무리였어요. 귀엽고 즐겁고 재미있는 동영상이 아니니 많은 사람이 보지 않았어요. 그런 어두운 내용은 아무도 다루고 싶지 않으니까요."

그래서 등록자 수가 수십만 명인 쇼콜라를 유괴하려고 생각했구나, 하고 유리는 생각했다.

잠시 잠자코 있던 지사가 고개를 들었다.

"쇼콜라 유괴 아이디어를 아키나한테 들었을 때 놀라서 그건 안 된다고 했어요. 유괴라니 정말 경찰에 잡힐지도 모른다고요. 그런데도 아키나는 양보하지 않았어요. 영향력 있는 사람을 어떻게든 구슬리지 않으면 이 문제는 퍼지지 않을 거라고 말했어요. 도촬이라든가 하는 유괴 사전 준비는 둘이서 했어요. 그런데 무슨 일이 있을 때는 자신 혼자서 한 걸로 할 거라고 아키나가 말했어요."

이 사건도 혼자서 죄를 뒤집어쓰려고 했던 모양이다. 아키나는 고개를 또 깊숙이 숙이고서 죄송합니다, 라고 사과했다.

"어떤 이유가 있든 가족을 빼앗는 건 바람직하지 않았어요. 쇼콜라는 미야시타 씨한테 곧장 달려갔어요. 정말 심한 짓을 했다고 생각해요. 어떻게 해야 속죄할 수 있을지 모르겠어요. 하지만 민폐를 끼친 사람들께 용서를 구하고 싶어요."

아키나의 그 말을 듣고 지사도 고개를 끄덕였다. 학급에서도 조용히 있을 법한 얌전한 지사가 지금은 아키나 옆에서 어른들의 눈을 똑바로 응시하고 있었다.

"아키나는 자신에 대해 이야기하는 건 어색한가봐요. 그래서 제가 아키나를 위해 말하고 싶었어요. 어른들에게는 나쁜 행동으로 보일지도 모르지만 아키나는 그저 개들을 돕고 싶었을 뿐이에요. 아키나는 엄마가 돌아가시고 나서는 개가 늘 형제고 친구였다고 했어요. 아키나 혼자 나쁜 사람으로 만들 수 없어요. 이번에는 저도 같이 벌을 받을게요. 했던 행동에 대한 속죄도요. 저는 아키나의 친구니까요."

다케다 씨는 고개 숙인 아키나를 불렀다.

"아키나."

그 목소리는 다정했다.

아키나가 고개를 들었다.

"나도 개와 관련해서는 오래 됐어. 내 인생은 개와 더불어 함께하고 있으니까. 아키나가 말한 대로 개한테도 마음이 있어. 그런 우리 안에서 격리된 채 지내고 있다면 보통은 바로 병들고 말겠지."

다케다 씨가 우리 안의 개들을 떠올리듯이 아련한 시선을 하고 있었다.

"모두들. 우리 안의 개들을 곰곰이 떠올려보세요."

공장 안처럼 무기질적인 우리 안에서 이쪽을 보고 있는 개들.

다케다 씨는 이어서 말했다.

"그 우리 안의 개들은 사람과 거의 만나지 않는 생활을 하고 있었을 텐데 아키나한테는 기쁨을 온몸으로 표현했어요. 개들이 하나같이 사회성이 제대로 길러져 있었어요. 이건 놀랄 만한 일이죠. 격리된 동물은 사람을 두려워해요. 개도 예외가 없죠."

다케다 씨가 아키나의 얼굴을 지그시 응시했다.

"아키나. 넌 아빠한테 들키지 않도록 감시의 눈을 피해 그런 먼 곳까지 매일 자전거로 달려와서 돌보고 있었지? 이 개들을 위해 아무것도 하지 않을 수 없었어. 그렇지?"

아키나는 눈물을 글썽인 채 고개를 숙였다.

그렇다.

그때 모든 개들이 아키나를 보고 꼬리가 끊어질 듯 흔들고 있었다.

힉힉, 하는 소리가 났다. 놀아줘 놀아줘 라고 말하듯이.

"아키나는 어떤 날이라도 돌보는 걸 하루도 쉬지 않았어요. 비가 오는 날이든 눈이 오는 날이든요."

아키나가 자전거를 힘차게 밟아서 머리카락을 휘날리며 혼자 그 길을 가는 모습을 상상했다. 그건 아무에게도 알려지지 않은 혼자만의 싸움이었을 테다.

그 후 쇼콜라의 동영상에 주인인 미야시타 씨가 처음 등장했다. 그 동영상은 "오늘 여러분에게 들려드리고 싶은 이야기가 있습니다." 하는 말부터 시작되었다. 쇼콜라의 아빠 강아지와 엄마 강아지에 대한 이야기였다.

"상상하지 못해서, 아니 상상하고 싶지 않아서 시선을 계속 돌리고 있었을지도 모릅니다."라고 미야시타 씨는 말했고, 이 세상에 이런 번식견이 존재한다는 사실을 여러분도 생각해주길 바란다며 실제 영상에 담아 시청자에게 전했다.

"모쪼록 뜻이 있는 사육사가 더 좋은 평가를 받을 수 있도록, 이 세상에서 불행한 개가 없어질 수 있도록. 반려동물을 어딘가에서 구입한다는 건 생명을 사고판다는 것이라는 사실을 저는 잊지 않겠습니다."라고 결말을 지은 그 영상은 큰 반향을 불러일으켜 여기저기서 개공장 이야기가 다루어지게 되었다.

딸인 아키나로 인해 아버지의 개 사육장은 고발당하는 형태가 되었다. 이렇게나 세상의 공격을 받아서는 앞으로 매매를 계속해나가기가 어려워질 테다. 사육장의 번식견 대부분은 다른 사육사가 거두어들였는데 다케다 씨의 개입으로 행선지가 정해졌다고 한다. 미야시타 씨도 쇼콜라의 아빠 개와 엄마 개 두 마리를 입양하게 되었다. 앞으로 세 마리로 쇼콜라 패밀리로서 사이좋게 살겠다고 한다.

앞으로 직업을 잃은 아버지가 어떻게 될지 다른 사육장에 일자리가 있는지 아버지와 딸의 관계는 어디로 향하게 될지, 타인인 유리는 거기까지는 개입할 수 없다. 편부인 아버지의 실직은 아키나 자신의 생활이나 장래와 크게 관련되어 있다. 그런 부모를 고발하느라 얼마나 갈등했을까. 그런데도 개들을 구하고 싶었던 아키나의 마음이 이해가 되었다. 그 용기가 조금이라도 좋은 방향으로 향해주기를 바랐다.

"자, 획이 위로 삐친 부분은 확실히 빼야 돼."

겐 씨의 목소리가 들려서 유리는 근심에서 현실로 돌아왔다. 초등학교 고학년 공부부터 다시 시작하게 된 아키나의 옆에서 겐 씨가 한자 노트를 들여다보고 있었다.

"네에네에. 영감님, 엄청 깐깐하시기는."

겐 씨의 눈썹이 흠칫했다. "영감이라고?"

"아니, 아니에요. 영, 이라는 글자를 깔끔하게 쓰고 싶다고 말하려던 거예요."라고 아키나가 얼버무렸다.

학교가 끝나면 집으로 돌아가기 전에 상담소에 들러 숙제나 수업 복습을 하기로 한 모양이었다. 때때로 지사도 와서 상담소가 시끌벅적했다. 유리도 가끔 도왔지만 초등학교 때 배웠을 터인 분수의 나눗셈이라든가 원의 면적을 구하는 법 등을 자신도 상당히 잊어버려서 당황했다.

아키나는 수의사가 되겠다는 새로운 꿈이 생겨 그렇다면 공부를 성실히 해야 해서 상담소에서 돌볼 수 있는 사람이 공부를 봐주기로 했다. 겐 씨는 "요즘 애들은 정말이지 참……." 하고 투덜거리면서도 제일 열심히 공부를 봐준다. "머릿속에 있는 건, 누구도 어떤 대도도 훔칠 수가 없지. 채울 수 있을 때 열심히 채워둬. 나중에 도움이 될 거야."라고 늘 말하면서 아키나가 없을 때 몰래 수학 문제집을 뚫어져라 보기도 한다.

소노 씨가 “아키나. 언제든지 오렴. 여기에 오면 누군가 있으니까. 대환영이야.”라고 말을 걸자 아키나가 “……감사합니다.”라고 순순히 감사 인사를 했다. 앞으로 아키나와 아빠와의 관계는 어떻게 될지 모르지만 주변의 어른들이 지켜봐 줄 테다.

강아지 교장의 다케다 씨가 “어때, 아키나. 끝났니?” 하고 얼굴을 내밀러 왔다. 역시 눈이 동그래서 오늘도 프렌치불도그과 쏙 빼닮았다.

“잠시만 기다려주세요. 조금만 더요.”

다케다 씨는 강아지 네트워크 사람들에게 아키나의 일을 알려서 아키나가 진지한 마음으로 무언가를 속죄하고 싶어 하니 멍멍 경비대라도 돕게 하려고 할까 싶다고 상담했다. 하지만 과거에 아키나에게 반려견이 장난을 당했던 주인도 있어서 도저히 그런 애는 믿을 수 없다며 싫어했던 건 사실이다. 그 주인에게도 다케다 씨는 정중하게 경위를 설명해서 만약 무슨 일이 있으면 자신이 전부 책임을 지겠다고 선언했다.

다쳐서 장시간 동안 걷는 게 어려워진 주인을 대신해 개를 산책시키는 봉사활동을 시키거나 보호견 견사 청소를 돕게 하는 등 다케다 씨는 아키나에게 다양한 일을 시켰다. 역시 개를 좋아해서 아키나는 개를 다루는 솜씨가 훌륭했다. 열의도 있어서 점차 지역 사람들로부터도 “아키나”라고 불리게 되어 친숙해져 갔다. 수의사 일을 아키나에게 견학시켰던 사람도 다케다 씨였다.

친구인 지사가 찾아와서 "아키나, 오늘은 어떤 코스로 산책할까?" 하고 말을 걸었다. 마침내 한자 받아쓰기가 끝났는지 아키나는 노트를 탁 덮고 "그러게……."라며 생각했다. 이렇게 뚫어져라 보면 키가 크고 날씬한 아키나와 키가 작고 둥그스름한 지사가 들쭉날쭉한 콤비 같아서 흐뭇하다.

유리는 그런 아키나의 옆얼굴을 보았다. 늑대소녀라고 불리던 한때보다 훨씬 차분해진 것 같아서 마음이 놓였다.

조금 신경이 쓰여서 요전번에 유리는 늑대의 생태를 조사해 보았다. 늑대는 무리를 지어 생활하지만 그 무리에는 가족뿐만 아니라 다른 곳에서 온 혈연관계가 없는 늑대도 포함되는 경우가 있다고 한다. 그렇게 무리로 다들 협력해서 살아간다. 인간은 늑대와는 다르지만 그런 느슨한 유대관계가 사람에게도 있었으면 좋을지도 모른다고 생각했다. 사람에 따라서 그게 취미로 연결되었거나 SNS로 연결되었거나 지역으로 연결되기도 할 테다. 엄격한 큰아빠도 분명 사람과의 그런 유대관계를 원하고 있는 거라고 여기려 하다가 역시 큰아빠, 평범한 개를 기르라고요, 라고 생각했다. 지금 스마트폰을 힐끗 봤더니 큰아빠로부터 메시지가 와 있는 듯했지만 열어볼지 말지 고민하고 있다.

"그럼 할아버지, 다녀올게요."라고 아키나가 겐 씨에게 말을 건네고 다케다 씨와 지사와 같이 나가려고 했다.

"누가 할아버지라는 거야. 난 아키나의 할아버지가 아니야. 늙은이 취급하지 말라고."라고 겐 씨가 말하자마자 "다녀오겠습니다. 겐 할아버님."이라고 고쳐서 말했다.

"정말이지 못 말린다니까……."라고 겐 씨는 투덜대고 있었다.

가기 전에 이쪽을 한 번 돌아보고 아키나가 손을 크게 흔들었다. 쳐다보니 얼굴을 찡그린 채 겐 씨도 손을 작게 흔들고 있었다.

에필로그

이 손님, 이야기가 길다.

오늘 만사 상담소는 짜깁기 상담회의 날이다. 짜깁기란 의류의 구멍을 막는 기술이다. 천에 여유가 있는 부분을 살짝 잘라내서 그걸 풀어 실을 만든다. 그 실로 섬유를 따라 자잘하게 다시 엮어나가면 구멍이 전혀 눈에 띄지 않는다.

유리는 짜깁기에 대해서는 전혀 몰랐지만 작업 전의 구멍 사진과 완성된 실물을 보고 경악했다. 마법처럼 구멍이 사라졌다. 벌레가 좀먹은 소중한 스웨터도 중요한 슈트도 정말 시간이 되돌아간 것처럼 아름답게 완성되었다. 가지러 온 사람들은 추억까지 되살아난 것처럼 기뻐하며 보물을 든 손길로 옷을 가지고 돌아갔다.

그건 그럴 테다. 요즘은 1, 2년 만에 옷을 쓰레기통에 넣고 새 옷을 계속 다시 사는 사람이 많다. 그런데도 일부러 보수를 부탁할 정도니까 저마다 애착이 가는 옷인 게 분명하다.

상담회에서는 짜깁기가 가능한지 판단은 물론이거니와 짜깁기를 배우고 싶어 하는 사람을 안내하기도 한다. 유리도 짜깁기라는 기술에 흥미가 생겼지만 이야기를 듣기만 해도 엄청나게 섬세한 테크닉과 근성이 필요한 특수기능인 듯해서 습득하기는 자신과 어울리지 않는다고 일찌감치 포기했다.

오늘은 짜깁기계에서도 명인이라고 명성이 자자한 '짜깁기의 렌코 씨'가 오는 날이라서 그걸 알고 중요한 옷에 구멍을 내고 만 사람이 고쳐달라고 옷을 가지고 상담에 왔다.

그 손님인 마담은 자줏빛으로 물들인 흰머리를 우아한 느낌으로 뒤로 풍성하게 넘기고 자줏빛의 큰 렌즈가 들어간 안경을 쓰고 있었다. 안경다리는 아주 화려한 금으로 된 재규어였다. 형광 핑크 원피스를 입고 명품이라는 걸 한눈으로 봐도 알 수 있는 비싼 가방을 옆에 들고, 말도 참으로 많아서 한숨 돌리는 시간도 아까운 듯 내내 이야기를 하고 있었다.

책상에 올려놓은 건 샤넬 트위드 롱코트였다. 분명 근사한 코트지만 '샤넬'이라는 단어가 아마 300번 이상 나와서 유리는 이럴 바에는 몇 번 샤넬이라고 하는지 카운터로 세어둘 걸 그랬다고 생각했다.

유리는 소노 씨와 함께 아오와 놀면서 새어 들려오는 목소리를 귀로 쫓고 있을 뿐이니 아직 참을 수 있었다. 얼굴을 맞대고 있었더라면 3분도 지나지 않아 치를 떨었을 테다. 하지만 '짜깁기의 렌코 씨'는 그런 고객에게도 익숙한 모양이었다. 몸집이 아담한 인자한 할머니 느낌으로 안경 안쪽에 자리한 자그마한 눈을 동그랗게 뜨고 진심으로 고객의 이야기를 흥미진진하게 듣고 있었다. 이건 이미 인덕이라는 생각이 들었다.

마담은 샤넬 본점으로 가기까지의 비행기 탑승에서부터 기내식 메뉴까지 실황하듯 이야기를 진행해나갔다. 그 80퍼센트가 철저하게 자기 자랑이었다. 남은 20퍼센트는 가족, 특히 아들 자랑으로 거기에 가끔 손주 자랑도 섞였다. 여기서부터 파리까지 비행기로 몇 시간이 걸리는지 모르지만 이야기가 파리로 가기까지는 실제 비행시간과 비슷한 시간이 걸리지 않을까 하고 걱정이 될 정도였다.

이러고 저러는 동안에 겨우 샤넬 본점까지 이야기가 왔다. 여기까지 오는 것도 정신이 아득해질 정도로 길게 느껴졌지만, 샤넬 본점에서 자신이 얼마나 물건을 많이 사주는 손님으로서 대우를 받아왔는지 손짓발짓을 섞어서 자랑하고 있었다.

마찬가지로 아오를 상대하고 있던 겐 씨가 마담이 자랑할 때 살짝 턱을 올리는 뿌듯한 모습을 흉내 내 팬터마임을 하기 시작했다. 그게 참으로 비슷해서 유리는 웃음을 참느라 쿨럭쿨럭 기침을 했다.

문득 어딘가에서 아이들이 노는 소리가 들려왔다.

오후 2시경, 마을회관에 오는 도중에도 하교하는 초등학생을 보았다. 행사 준비나 무언가로 오늘은 하교 시간이 이른 날인 모양이다.

하지만 마담의 이야기는 전혀 끝날 기미가 보이지 않았다. 이 상태라면 코트에 뚫린 구멍 이야기를 할 때까지 아직도 시간이 걸릴 듯했다. 여기까지 듣다 보니 다음 이야기도 궁금하지만 유리는 슬슬 돌아갈까 싶어서 일어났다. 허리를 두드리며 크게 기지개를 켜고서 아무 생각 없이 창밖으로 시선을 보냈다.

건너편에 있는 단지의 세탁물이 바람에 나부끼고 있었다. 바람이 강해졌는지 세탁물을 걷으려고 하는 사람도 보였다.

그러고 보니 유리도 요전번에 외출 중에 세탁물이 날아가 두 집 옆집 사람이 아기옷을 가져다준 적이 있다. "아기옷이라니 정말 귀엽네요."라고 말하며 방긋방긋 웃으면서 가지고 와주었다.

"그래서 말이죠, 이 코트가요, 당시 엔화로 하면—."이라고 하는 마담의 목소리를 들으면서 유리는 삐죽삐죽 튀어나온 앞머리를 핀으로 다시 꾹 찔렀다. 아오를 데리고 돌아가 볼까 싶었던 그때였다.

시야 구석에 왠지 모르게 위화감을 느꼈다. 다시 한번 더 아무 생각 없이 창밖을 보았다.

바람에 나부끼는 노란색 세탁물.

최근에 산후의 피로감 탓인지 눈이 침침해서 그 때문인가 싶어 눈을 비볐다.

단지 4층의 베란다에서 휘날리는 노란 세탁물. 그것은—.

세탁물이 아니었다.

베란다 울타리에 간신히 매달려 있는 건 노란색 유아복을 입은 아직 2, 3살 된 아이였다.

그걸 필사적으로 끌어올리려고 발목을 잡고 있는 게 아직 초등학생 정도 된 아이였다. 철봉 같은 4층 울타리에 배를 맡기고 어떻게 해서든 끌어올리려 하고 있었다.

움직이지 않았다.

끌어올릴 수 없었던 것이다.

조금 전의 아이 목소리는 아이들끼리 장난치느라 외친 소리가 아니었다.

유리는 비명을 질렀다. "저거! 봐요!"

"큰일 났군!" 하고 겐 씨가 외쳤고 큰소리로 직원을 불렀다.

"119에 연락해! 건너편 단지 4층, 모퉁이에 있는 집 베란다에서 아이가 떨어질 것 같아!"라고 고함을 질렀다.

부산하게 움직이기 시작한 직원을 곁눈질하고 "유리 씨, 와줘!"라고 겐 씨가 외쳤다. 소노 씨가 "아오는 저한테 맡겨요."라고 날카롭게 말해서 바로 겐 씨와 계단을 달려 내려가 길을 건너 건너편 단지를 향해 달렸다.

모두가 시끌벅적하게 단지로 달려갔다.

엘리베이터가 없어서 최상층 4층까지 계단을 달려 올라갔다. 달려 올라가면서 계단 비상벨을 눌렀다. 요란한 벨 소리가 단지 전체에 울려 퍼졌다. 겐 씨와 유리는 잽싸게 4층에 도착했다. 온힘을 다해 달린 것이 오랜만이라서 폐가 찢어질 듯 아팠다. 겐 씨는 숨 쉬는 것도 괴로운 듯했지만 힘을 쥐어짜내다시피 해서 제일 가장자리 집까지 달렸다. 옛날 스타일의 문손잡이를 돌렸지만 그 집은 잠겨 있었다.

옆집 초인종을 눌렀지만 반응이 없었다. 비상벨이 울리고 있는데 아무도 상황을 엿보러 나오지 않는 것도 이상했다. 다른 집에도 사람이 없는 걸까. 겐 씨는 손에 닿는 대로 벨을 누르고 문을 세게 두드리고는 옆집으로 이동해나갔다. 어딘가 한 집이라도 열려 있으면 베란다 칸막이를 부숴서 옆집으로 갈 수 있는데 말이다.

평일 대낮에 사람이 있는 집이 이렇게 적을 줄이야…….

"유리 씨, 그거 줘." 아직 숨이 차서 헉헉대며 말하던 겐 씨가 외쳤다. 뭘요? 라고 묻기 전에 이미 앞머리에 꽂고 있던 핀 2개가 뽑혀 나갔다.

겐 씨의 눈은 필사적이었다.

겐 씨는 문 앞에서 한쪽 무릎을 꿇고 그 핀을 구부리거나 늘려서 솜씨 좋게 접었다. 우선 하나를 입에 물어 이로 고정시키고 구부리다시피 해서 형태를 만들어나갔다. 벽에다 대고 핀 끝을 재빠르게 문지르면서 어떤 형태를 만들기도 했다. 형태가 다른 두 가지 헤어핀을 한꺼번에 손잡이에 꽂아 넣었다. 그대로 열쇠 구멍을 찾듯이 딸깍거렸고 그 시간이 정신이 아득해질 정도로 길게 느껴졌다.

추락해서 지면에 잇달아 떨어지며 포개어지는 어린이의 모습과 시체에 매달려서 울부짖는 부모의 모습이 유리의 뇌리에 생생하게 떠올랐다. 식은땀이 등을 타고 흘러내렸다.

열려라, 부탁이야.

제발.

겐 씨의 움직임이 순간 멈추었다.

소리가 났다!

문이 열리는 것과 동시에 두 사람이 흙 묻은 발로 집에 밀려 들어갔다. 베란다에서 오빠가 "누가 도와줘요! 도와주세요!"라고 울부짖고 있었다. 겐 씨는 몸을 내밀어서 작은 아이를 발목부터 잡아서 뽑아내다시피 안아 올렸다. 유리는 울타리에 한쪽 발을 지지하고 오빠의 등과 허리의 옷을 잡아서 힘껏 끌어당겼다. 힘이 넘쳐서 겐 씨는 어린아이를 안은 채 위를 보고서 쓰러지고 말았다.

흠칫한 유리가 베란다 아래를 보자 무언가가 펼쳐져 있었다.

그 무늬는 낯익었다.

그건 조금 전에 자랑만 하던 마담의 소중한 코트였다. 마담도 같이 다 함께 트램펄린처럼 펼쳐서 떨어지는 아이를 어떻게 해서든 받아내려 하고 있었던 것이다.

"괜찮아요! 끌어올렸어요!" 하고 밑을 향해 외치는 것과 동시에 유리도 빈혈이 난 것처럼 무릎부터 무너져 내렸다. 이제 와서 전신이 떨렸다.

위를 보고 발라당 넘어진 겐 씨에게 두 아이가 매달려 울고 있었다. "이제 괜찮아…… 괜찮아…… 만사 상담소의 우리가 왔으니까……."라고 말하며 달래고 있었다. "대단했어. 오빠도 동생도 잘 견뎠어……."

겐 씨는 숨이 끊어진 것처럼 눈을 감았다.

나중에 이야기를 들어보니 엄마는 "잠시 슈퍼에 다녀올게."라며 아이 둘만 남기고 차로 장을 보러 나갔다고 한다. 오빠는 초등학교 5학년으로 꽤 야무진 면이 있었고 여동생도 잘 돌봐줬기 때문에 둘만 두고 가도 괜찮을 것이라 생각했다고 한다.

하지만 아이의 성장은 빠르다. 어제 하지 못하던 것을 오늘 느닷없이 할 수 있게 되기도 한다. 그날 아무래도 여동생은 엄마의 빨간 경차가 주차장에서 차도로 나가는 걸 보고 싶다고 생각한 모양이다. 하지만 베란다 울타리는 여동생 키에는 너무 높아서 벽처럼 시야를 가로막아 아무것도 보이지 않았다. 오빠에게 안아달라고 졸랐지만 여느 때처럼 부리는 억지라고 생각해 건성으로 쫓아내고 말았다.

문득 여동생은 거실에 있던 둥근 의자가 생각났다. 간신히 베란다로 둥근 의자를 옮기고 그 위에 다리가 네 개 달린 개구리 그림이 붙어 있는 어린이용 의자를 포개었다. 위까지 올라가서 서자 길이 똑바로 뻗어 있는 근사한 풍경에 빨간 경차가 장난감처럼 달리는 모습도 보였다.

부모님도 베란다에는 물건을 놓지 않도록 신경을 쓰고 있었고 3살짜리 여동생도 평소라면 그런 행동을 하지 않았지만 그날은 우연히 그런 악수가 겹친 날이었다. 그런 악몽 같은 우연이 겹치기도 하는 법이다. 엄마는 마트로 가고 오빠는 게임에 열중하고 있었고 여동생은 베란다 의자 위로 올라갔다.

여동생이 전망 좋은 경치를 잠시 즐긴 후 달려가는 빨간 차에 크게 손을 흔들려고 했을 때 그 일이 벌어졌다.

둥근 의자 위에 포개어진 어린이용 의자 다리가 비뚤어진 것이다. 가뜩이나 불안정한 의자 균형이 크게 무너졌다. 여동생의 작은 몸은 빙그르 기울어져서 손을 짚은 것이 울타리 끝, 4층 공중이었다. 떨어지지 않겠다고 어린데도 나름대로 힘껏 버텼지만 어린 아이의 머리는 무겁다. 무게가 실린 다리는 천장으로 머리는 지면으로 향했다. 아차 싶은 사이에 몸은 울타리 바깥이었다.

그때 때마침 강풍이 불어서 열어놓았던 창문 커튼이 크게 흔들렸던 게 다행이었다. 오빠가 축구 소년이라 동작이 재빨랐던 것도 다행이었다.

오빠는 울타리 바깥으로 떨어지려던 여동생을 필사적으로 잡았다. 잡은 건 발목이었다. 그길로 끌어올리려고 했지만 아무리 노력해도 소용없는 무리한 자세였고 초등학교 5학년의 팔 근력만으로는 어려웠다. 자신도 철봉 앞돌기를 하다 멈춘 것 같은 어중간한 자세를 취한 채 끌어올릴 수도 없었다. 자칫하면 균형이 무너져 자신의 몸과 통째로 떨어진다. 점차 양쪽 팔이 뜯겨나갈 듯이 아프기 시작했지만 이 팔이 떨어져도 절대로 놓지 않겠다고 오빠는 이를 악물었다.

오빠가 스포츠를 좋아하는 소년이라고 해도 초등학생의 근력이다. 이제 조금의 여유도 없이 아슬아슬한 순간이 찾아왔다.

밑에 있던 사람이 4층에서 떨어지는 3세 아이의 몸을 확실히 받아내려면 그 정도에 알맞은 준비가 없으면 어렵다. 5학년이면 더더욱 그렇다. 자칫하면 아이와 같이 아래에 있던 사람도 큰 부상을 입을지도 모르는 최악의 사태도 일어날 가능성이 있었다. 더구나 만약에 힘이 다해서 4층 밑의 땅에 여동생이 떨어지면, 그 모습을 직접 보고 만다면 오빠의 마음의 상처는 얼마나 심할까.

상담원이나 마을회관의 직원 등 모두의 판단이 정확했던 것과 그중에서도 직접 구출에 나섰던 두 사람의 공로 덕분이었고, 그 아이들의 부모님한테서도 몇 번이나 감사 인사를 받았다.

군중 속에서 마담의 모습을 발견해 유리는 말을 걸었다.

"진짜 중요한 추억의 코트지요? 감사합니다."라고 마담에게 말했다.

마담은 우아한 자줏빛 머리를 스윽 쓸어 올렸다.

“코트 하나로 아이들 생명을 구할 수 있다면 별 것도 아닌 걸요. 하늘나라에 있는 남편도 기뻐할 거예요.”라고 가슴을 폈다.

마담도 개성이 강하고 자기자랑은 많이 하지만 꽤 좋은 면도 있구나 하고 유리는 생각을 고쳐먹었다.

“더구나 이 코트는 또 가면 살 수 있잖아요? 난 파리 본점에서도 물건을 많이 사는 단골로 대우를 받거든요. 그래 그래, 생각났네요. 본점에서는 이런 일도 있었어요—.” 하고 또 장황하게 자랑담이 이어졌지만 중요한 추억의 코트를 아낌없이 인명 구조를 위해 펼쳐준 그 마음을 봐서 “그래요?” “그거 정말 대단하네요” “좋네요!”라고 맞장구를 쳤다.

겐 씨는 무리한 자세로 아이를 끌어올리느라 허리를 심하게 다친 듯했다. “아야야야야.” 하고 끙끙대며 격통으로 일어서지 못해서 달려온 구급대원의 들것에 그길로 실려가 며칠 동안 입원하게 되었다. 아이의 목숨의 은인이라며 부모님이 조치를 취해 개인병실에 입원했다고 한다.

만사 상담소의 겐 씨, 명예의 부상이라며 다들 병문안을 가게 되었다.

병실의 겐 씨는 평소처럼 슬랙스와 셔츠가 아니라 잠옷을 입고 있어서인지 급격히 늙어버린 것처럼 보였다.

허리가 아직 아픈지 침대에 누워 있었지만 "이야, 다 같이 이렇게 오다니. 마음은 젊지만 허리는 내 나이라는 걸 잊었어."라고 말했다. 웃어서 아팠는지 아야야야, 하고 우는소리를 했다.

소리 마니아 사쿠라기 씨는 "여름의 풍물시, 풍경 소리 컬렉션으로 할까 고민했는데 그냥 라디오로 골랐어요."라고 말하며 디자인이 귀여운 라디오와 이어폰을 세트로 꺼냈다.

초능력자 고토 씨는 공중에서 초콜릿을 꺼냈다가 없앴다가 마지막에는 모자 안에서 꺼내 박수갈채를 받았다.

위로천사 류타로 씨는 역시 좋은 목소리로 "겐 씨에게 전할 말을 부탁받았습니다."라고 하더니 주머니에서 고급스러운 봉투를 꺼냈다. 아카데미상 수상자를 부르는 호명자처럼 펼치더니 순간 뜸을 들이고 "겐 씨가 없는 마을회관은 조용해서 일은 꽤 순조롭게 돌아가지만 너무 순조로우면 따분하니 슬슬 돌아오는 게 어떨까요?"라고 낭독했다. 이름을 듣지 않아도 알 수 있는 이 사람은 후나키 선생님이었다.

소노 씨가 읍 하고 숨을 크게 쉬었다.

"그건 그렇고 현관이 용케 열려 있었네요. 우연히 그날따라 엄마가 문단속을 잊었던 모양이지만 평소에는 늘 반드시 잊지 않는다고 하네요. 정말 다행이에요. 문이 잠겨 있었더라면 어떻게 손을 쓸 수 없었을지도 몰라요. 신의 가호가 있는 법이네요…… 정말 다행이에요."

마음을 푹 놓은 듯한 소노 씨의 목소리에 겐 씨는 천장을 올려다본 채 잠시 잠자코 있었다.

"저기 말이야." 하는 겐 씨의 목소리를 가로막다시피 유리가 "참 그래요! 현관이 열려 있어서 정말 다행이었어요. 안 열려 있었더라면 어떻게 됐을까 하고 지금도 생각해요."라고 말했다.

잠시 다 같이 이야기를 하고 슬슬 돌아가려던 차에 "유리 씨, 잠시 시간 좀 돼?"라고 겐 씨가 불러 세웠다.

개인실에는 유리만 남았다.

잠시 눈을 맞추지 않고 둘 다 아무 말 없이 있었다.

유리는 생각했다.

그건 경찰의 기술이 아니다. 좀 더 다른 기술이다. 그 긴박한 상황에서 조금의 망설임도 없이 핀 두 개만으로 잠긴 문을 따는 것을 보아 겐 씨는 상당한 전문가로 그 기술을 몇 번이나 사용해왔던 게 분명하다.

지금까지 있었던 일을 곰곰이 생각해보면 겐 씨에게는 부자연스러운 면이 많았다. 플랫폼에서 주변을 경계하고 있을 터인 말단 사기꾼이 바로 옆에 선 겐 씨를 어째서 알아차리지 못했는지 하는 것도 그렇다.

겐 씨는 스스로도 말했다. 그 젊은 남자는 기척조차 지우지 못하는, 범죄자로서는 병아리라고. 그렇다는 말은 베테랑이라면 당연히 기척을 자유롭게 지울 수 있다는 것이다. 형사

차림을 하고 옆에 서 있어도 전혀 알아차릴 수 없을 정도였다.

점술가 집에 잠복할 때도 그랬다. 일주일이나 예비 조사를 하면 상대의 행동 패턴도 약점도 안다고 했다. 곰곰이 생각해 보면 언제 사람이 나오는지 그리고 언제 집이 비는지 그런 식으로 누군가의 행동 패턴을 파악했던 적이 있다는 말투였다.

겐 씨가 이렇게나 방범에 대해 자세히 아는 것은 어쩌면 방범의 '방'에 대해서가 아니라 오히려 '범' 쪽의 전문가라서라고 한다면.

"이 부상이 나으면 난 동네를 떠날 거야. 유리 씨. 지금까지 고마웠어."

겐 씨는 천장을 본 채 불쑥 말했다.

"이미 파악한 대로 난 전직 형사가 아니야. 초등학생이 되기 전인 어릴 적부터 먹고 살기 위해 양아버지에게 철저히 주입받은 게 문을 따는 기술, 요즘 말로 하자면 피킹 기술이었어. 학교에도 다니지 않고 회사 사무실을 둘이서 꽤 휩쓸고 다녔어. 하지만 어느 날 잡혔지."

겐 씨는 자신의 오른손을 확인하듯이 가만히 응시했다. 옛날 일을 떠올리는 듯했다. 그 손은 울퉁불퉁하고 거칠어서 겐 씨의 역사 그 자체처럼 보였다.

"어떤 사람이 가족처럼 대해줘서 학교에도 다니게 되었어. 부모라고 부를 수 있는 사람도 생겼지. 나한테 끈질기게 이 세상의 선악을 가르쳐줬어. 나한테 그 사람은 영웅이었어. 이제 두 번 다시 도둑질은 하지 않겠다고 정했어. 하지만 아무리 뉘우친다고 해도 옛날의 죄가 사라져 없어지는 게 아니더군."

겐 씨가 처음으로 이쪽을 보았다.

"이곳에 있는 동안 즐거웠어. 유리 씨나 소노 씨, 상담원 모두를 만나서 다행이었어. 여기서 상담원을 해서 다행이야."

유리는 그 말을 듣고 한숨을 훅 쉬었다.

"이 분위기 뭐예요. 환기해요, 환기!"

그리 말하면서 창문을 활짝 열자 불어온 바람이 부풀어 오른 레이스 커튼을 펄럭였다.

"뭐가 '다행이에요', 겐 씨. 왜 마음대로 역할을 관두려는 거예요. 앞으로 만사 상담소에는 해결해야 하는 일이 많아요. 그 만사 상담소에 '해결사 겐 씨'가 없으면 어쩌자는 거예요. 우리 마을의 치안이 나빠지잖아요. 더구나 안내인 역할을 하는 겐 씨가 없으면 온 고객들도 헤맬 거라고요. 아직 순진한 욕쟁이 다케오라든가, 소프트크림 마에스트로 겐이라든가 여러 상담원이 있는데."

"하지만……."

겐 씨는 여전히 마음에 걸리는 듯했다.

"분명 옛날의 일은 어제 일을 위해 배운 거예요. 분명 그래요. 더구나 겐 씨는 저한테 한 번도 거짓말을 하지 않았어요. 전 겐 씨를 믿어요. 아오도 믿고 있어요."

아기띠 안의 아오를 가까이 데려가자 누워 있던 겐 씨에게 아오가 포동포동한 손을 뻗었다. 겐 씨도 웃으며 아오의 손을 잡았다.

"제 별명도 아직 좋은 걸로 안 지어주셨잖아요. '만지작만지작 스마트폰 강사 유리'는 역시 아무래도 좀 그래요."

"그럼 '스마트폰 대 마신 유리'로 할까?"

"싫, 어, 요." 웃고 말았다.

"어쨌거나 겐 씨, 허리 얼른 나아서 상담소로 나와주세요. 다들 돌아오기를 기다리고 있어요."

겐 씨는 살짝 웃더니 눈을 감았다.

그 얼굴에 바람이 불어서 레이스 그림자가 졌다. 선반에는 해바라기 마을회관 크림빵에 리쿠가 그린 일러스트가 담긴 편지, 버버리 양말, 개 인형, 그 외에도 모두가 제각각 남겨 놓고 간 병문안 선물이 놓여 있었다.

유리는 만사 상담소의 다리 마크를 떠올렸다. 한 사람 한 사람의 힘은 작아도 모두가 모이면 지금까지 건너지 못했던 강에도 다리를 놓을 수 있다는 건 진짜일지도 모른다.

다 같이 건넌 끝자락에 보이는 풍경은 지금보다 훨씬 좋을 테다.

잠든 겐 씨를 깨우지 않도록 살포시 자리에서 일어나 "겐 씨, 얼른 나오세요."라고 유리는 읊조리고 병실 문을 닫았다.

유리는 시간이 허락하는 한 겐 씨를 대신해 마을회관 만사 상담소에 얼굴을 내밀게 되었다. 상담소에 온 손님들이 원하는 바를 듣고 파일을 넘겨 의뢰에 맞을 듯한 사람을 찾아본다. 겐 씨처럼 자세히 잘 아는 건 아니라서 손님과 같이 찾아보는 듯한 분위기지만 "이…… 프러포즈 콰르텟 여러분도 흥을 잘 돋우지 않을까요? A급 비눗방울 전문가 요이치 씨도 꽤 환상적일 것 같아요."라고 추천해본다.

부탁을 받아서 상담원 모집 전단지를 만들게 되었다.

어떤 문장을 써야 할지 몰라서 A4 용지에 여러 가지를 쓰기 시작했다.

소소한 특기를 원합니다!

어떤 사소한 특기라도 상관없습니다.

당신의 특기도 부디 등록하세요.

해바라기 마을회관 만사 상담소에서는 저마다의 특기를 살린 상담원들이 오늘도 트러블과 수수께끼를 기다리고 있다.

– 끝 –

해바라기 마을회관에 오신 것을 환영합니다

초판 1쇄 | 2024년 7월 10일

지은이 히이라기 사나카 | **옮긴이** 김현화
펴낸이 서인석 | **펴낸곳** 제우미디어 | **출판등록** 제 3-429호
등록일자 1992년 8월 17일 | **주소** 서울시 마포구 독막로 76-1 한주빌딩 5층
전화 02-3142-6845 | **팩스** 02-3142-0075 | **홈페이지** www.jeumedia.com

ISBN 979-11-6718-433-7
*파본은 구입하신 서점에서 교환해 드립니다.

제우미디어 트위터 twitter.com/jeumedia
제우미디어 인스타그램 instagram.com/jeumedia

만든 사람들
출판사업부 총괄 김금남 | **책임편집** 민유경
기획 신은주, 장재경, 안성재, 최홍우 | **제작** 김용훈
디자인 총괄 크리에이티브그룹 디헌